吳念真 國民戲劇

人間條件

未來的主人翁

| 編劇·導演 | 吳念真
| 演出·製作 | 綠光劇團

目 錄

我們改變的世界，就是他們的未來

寫完劇本之後，忽然發現裡頭每一個男性角色有意無意間似乎都有一個共同的喟嘆：我……是不是老了？

是老了，至少自己必須承認。六十六，四捨五入就是七十歲了……不老嗎？

雖然「老」跟年齡並不一定有直接關係，一如許多人說的，「老」只是一種心境或態度，但，我覺得有時候「老」是一種必須的「覺悟」。

二〇一四年初，那場年輕人的社會運動如果不能讓上一代的我們看到自己的「老」、也不接受那是「世代交替」的必然的話……那我們不僅是真的老了，而且，已經老到成為當初被自己嫌惡的那種老人而不自知。

有「老」的覺悟其實不壞，除了對生命替換、世代移轉的必然坦然面對之外，彷彿也能虛心而誠實地去省視自己這一生走過的腳步，一如四季之秋，所有收穫成果就在人前，謊報只是自取其辱，狡辯亦屬徒然。

這個劇本說的好像就是這樣的心境。

有一天跟已經三十六歲的兒子說到這樣的感觸時，他說他想到羅大佑多年之前的一首歌〈未來的主人翁〉，當時，他

　並沒說是哪一段歌詞讓他有這樣的聯想，而我忽然想到的卻是「我們改變的世界，就是他們的未來」這一句，因為當年的「未來」儼然已經成為「現在」的當下，這世界是否真的被改變過？如果曾經改變……那是更好？還是更壞？

　這首充滿預言和質疑意味的歌於是成了這齣戲的一部分，並且成了《人間條件》第六集的副題，除了向羅大佑先生致敬之外，也感謝兒子的提示，雖然至今我都還不曾問過他到底是哪段詞句觸動了他？是對三十年前的預言成真的感嘆，還是對上一代的質疑、埋怨和批判的部分？

　和過去幾集的《人間條件》不同的是，《人間條件六》沒有明顯的故事走向，角色也沒有主次之分，拼貼式的結構和比較靜態的演出方式可能違背許多人原先的想像和期待，在戲即將上演的此刻，我能說的好像只有：我將虛心地接受你的意見，無論它是質疑、埋怨或批判。

　感謝你對綠光劇團和《人間條件》的支持，就像我常說的：因為你的參與，劇場工作才算完整，更因為你的參與，讓我們覺得自己的工作有了意義。

人間條件六

未來的主人翁

原著劇本 ────────────

演出人員

 羅北安　飾　宋老師

 吳世偉　飾　宋陽山

 林美秀　飾　方母

 陳希聖　飾　方父

 范瑞君　飾　方瑞君

 柯一正　飾　王父

 吳定謙　飾　王家俊

吳念眞 飾 葉父

 張靜之 飾 葉婉如

 高臣佑 飾 廖耀群

 李威諺 飾 廖子（威諺）

 李昀蓁 飾 廖女（笈笈）

 黃懷晨 飾 江遠帆

 尹崇珍 飾 劉慕瑛

暗場時，羅大佑的歌〈未來的主人翁〉前奏起。影像畫面
開始，結婚典禮那種兩個新人從小到大的照片，「XX和
XX生命軌跡」不規則地顯現，到「一度人們告訴你說你
是未來的主人翁」這句歌詞唱完時忽然斷電，影像消失，
賓客嘩然，然後一堆年輕人的聲音從這句歌詞開始接唱，
畫面出現的是結婚宴席上的照片，歌聲延續到下一場。

宋老師家

有一陣子，忽然覺得，我是不是老了？

幾年下來……就跟著我爸爸一起老了？

燈慢慢亮起。客廳裡的桌上有蛋糕盒、一些補品和水果禮盒之類的。年輕人們正在看相簿，慕瑛則在看手機，只是偶爾看一眼他們。隔著布幔或隔間，老師躺在病床上，掛著氧氣、灌食導管之類的東西，瑞君在幫他清理、擦澡，老師兒子裡外關注著。

耀群：真的無法相信ㄟ，除了我們國中照片之外，老師竟然還留著我結婚宴客的照片！我自己的搬家搬來搬去，都不知道放到哪裡去了！（問婉如）ㄟ，妳記得放哪裡嗎？還有這張擺在入口的大照片？

婉如：小照片應該在那堆相簿裡頭，大的在床鋪底下！

耀群：床鋪底下？

婉如：不然哪有地方放啊？不過放心啦，每逢結婚紀念日，要是記得的話，我都會把它拉出來，拿抹布把灰塵擦一擦……然後，發現自己正在慢慢變成黃臉婆！

遠帆：對哦！我們也有呢……喂，那我們的放哪裡啊？（慕瑛看手機玩Line，沒理）Hello！我們那張大結婚照放哪裡啊？

慕瑛：床底下啊，不然呢？

遠帆：是哦？靠，全台灣到底有多少人把床底下變成結婚的墳場啊？啊不是，結婚照的墳場啊？哪天應該拿出來看一看，欣賞一下當年俊俏的樣子。

慕瑛：少來了吧你，床上的都不看了，還看床底下的？

遠帆：講這樣！

慕瑛：（頭依然沒有從手機抬起來）不是嗎？我朋友說，她離婚的時候最難搞的就是那張照片，兩個人都不想要，剪爛嘛覺得像分屍，燒掉覺得像火葬，最後乾脆揉成一團扔，誰知道扔的時候還傷腦筋，不知道該怎麼分類，是一般垃圾，還是可回收資源！

遠帆：不過那個框可別扔，應該不便宜，說不定留著以後還
　　　用得上。

慕瑛：嗯，說不定也還可以上網拍賣，賣到的錢一人分一
　　　半。

耀群：（敏感地想緩和尷尬）ㄟㄟ，這張經典！你跟老師的
　　　表情都好好笑！你們是在幹嘛啊？

遠帆：啊不就停電！證婚人致詞啊，老師那麼認真地準備演
　　　講稿，我看你們台上的沒動靜，當下就衝上去，打火
　　　機啪一亮，說：老師，請開始！誰知道老師第一句話
　　　竟然是：江遠帆！你抽菸？你不學好！大概是他罵人
　　　的時候拍的吧，你看這嘴型！

婉如：我還記得停電，現場很亂，宋老師還很認真地說，各
　　　位同學，結婚是很嚴肅的事，請各位保持安靜！

遠帆：然後他就開始致詞，足足半小時，一講完，那個掌聲啊，靠，排山倒海而來！（朝慕瑛）為什麼妳知道嗎？因為「電」就在那時候來了！

（老師咿咿唔唔叫，病床邊，陽山跟老師說：爸，他們在說你呢。瑞君說：我來，你出去招呼！陽山出來。）

陽山：不好意思，幫我爸擦擦澡，換個衣服，馬上就好，我爸一向在意儀容……

耀群：我們知道，他連學生的儀容都在意。

遠帆：宋哥，這些事，你每天重複這樣做……也太辛苦了。

陽山：幾年來，習慣了，就像上班，上班不也是每天做重複的事？

婉如：上班……時間也沒這麼長吧，一年三百六十五天，天天二十四小時待命。

遠帆：是啊，上班至少還有薪水領！

慕瑛：拜託！你不講話人家不會說你是啞巴！

耀群：他躺了幾年，你也等於被鎖在屋子裡好幾年。

陽山：還好，假日我……朋友會來代我一下，讓我去理頭髮、買點東西、辦點事什麼的。

（瑞君在裡頭講電話，口氣有點急躁，說：我正在忙，既然你說你的意見不成熟，那能不能先hold著，等它成熟了，熟透了再打給我？……陽山跟外頭的人

致意，又進來，瑞君揮手讓他出去，電鈴響，婉如、慕瑛搶著過去開門，慕瑛開，家俊提著禮物站在那邊，看看眾人，有點疑惑）

家俊：請問這是宋老師家嗎……（看到陽山）啊，宋哥！

陽山：請問你是……

家俊：我叫王家俊，以前到過老師家，見過你。

耀群：所以你是學弟吧？西寧的？（家俊說：是）第幾屆？

家俊：應該是八十九年畢業的，不過我國二就去美國了。

遠帆：（問耀群）我們是幾年畢業的？

耀群：八十五啦，你真是夠了。

家俊：請問……老師……在家嗎？

陽山：在……他一直都在。

遠帆：他足不出戶，男人典範！

慕瑛：喂！一點都不好笑好嗎？

（家俊發現場面有點怪異，有點不知所措）

（這個過程瑞君在裡頭要幫老師換衣服，翻不動，出來）

瑞君：（跟所有人）對不起！陽山，進來幫個忙，我……翻不動！

陽山：我來，我來！（跟家俊說）你先坐一下！（進去，兩個同學跟著，陽山一直說不用，但兩人堅持。）

家俊：（問婉如）老師……他怎麼了？

婉如：宋老師好幾年都不能動了，你不知道啊？

（家俊把東西放了，先站在房間門口看著裡頭。幾個人在幫忙翻，音樂起。他們跟老師說自己是誰，幫穿衣服，老師咿唔叫著。）

家俊：（進去，走進床邊）老師，我是家俊……王家俊啊，你記得我嗎？你不記得啦？不記得我啦？老師……

（瑞君拍拍他，所有人仍忙著，燈慢慢地暗）

（燈再亮的時候家俊坐在老師床邊，握著他的手，看著他。客廳裡瑞君看著那些水果禮盒）

瑞君：你們把蛋糕準備一下，這些……我去洗洗切切，等下一起吃了吧，陽山一個人也吃不了這麼多。

陽山：嗯，一起吃，能吃完也算幫我個大忙。

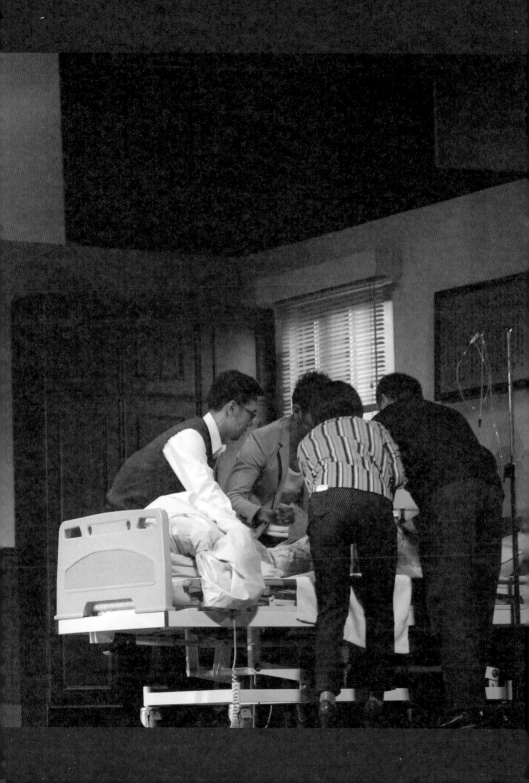

（瑞君和婉如、慕瑛拿東西進去，一陣沉默。）

耀群：一年一年，來的人愈來愈少，然後，今年就剩下我們了。

遠帆：剩班上成績最好的，和最狗屁倒灶的。

陽山：大家都忙吧，這個年紀，誰不是家庭、工作兩頭燒？其實……你們也不用每年都專程跑這麼一趟，房子小又亂，也不能好好招呼你們……

遠帆：別這麼說……你知道嗎？值得懷念跟尊敬的長輩好像也不多了。

耀群：他帶我們的那幾年……好像很多人都把他當爸爸。

遠帆：沒錯，他是所有討厭自己爸爸的人的爸爸。

（家俊走出來，有點惆悵，三個人看著他）

遠帆：老師有反應嗎？

家俊：跟他說了一些以前的事……可是不知道他記不記得。

耀群：也許記得吧，只是不知道怎麼表達。

陽山：嗯，讀報紙給他聽的時候，有些名字他一聽還是會哇啦哇啦叫……

耀群：是那些政治人物吧？病這麼久了記性怎麼還這麼好？他生病的時候行政院長是誰我都不記得了！

遠帆：對哦，現在是誰啊？

家俊：都不知道他病這麼久了……

陽山：你都在國外啊。

家俊：其實……我回來幾年了，只是沒待多久，就被我爸派去日本，然後又去上海，在那邊好一陣子。

遠帆：啊？我也從上海回來不久欸，（上海話）你公司在哪？浦東？

家俊：（上海話）浦東，陸家嘴。（一邊掏名片給遠帆和耀群）

遠帆：（上海話）之前我也在那兒啊，說不定我們還曾經擦身而過！（看名片）哇，大公司哦！

耀群：好榮幸！信不信，我還曾經在貴公司上過班！

家俊：是嗎？後來怎麼……？

耀群：嗯……是我不仁不義，有人挖角，我……就跳槽了。

家俊：別這麼說，常有的事，說不定我也快了！

陽山：我爸要是知道你這麼有成就……一定很開心。

家俊：剛剛還跟老師說我一事無成，一片茫然……其實，董事長助理這個職位真正的意思是……有個老爸對他的兒子非常不屑，所以拉到身邊就近管教！

耀群：（拍了一下家俊）講這樣！這種超級老爸不是什麼人
　　　都有的！

遠帆：對啊，你不要的話，請上網拍賣，我們來標！對不
　　　起，不好笑，不好笑！

家俊：（尷尬地笑一笑，然後跟陽山說）我不知道老師搬家
　　　了……還跑去之前的地方，他們才跟我說你們搬了，
　　　給我新地址。

陽山：搬好幾年了。

家俊：一直是你自己照顧老師？

陽山：剛開始……找外籍看護，我在新竹上班，不一定天天
　　　回得來，也不知道她們是訓練不夠，還是我爸塊頭太
　　　大……搬不動，搞得一身褥瘡……尤其腿跟背，爛到
　　　看了都想哭，之後送過安養院……可是他好像知道那
　　　不是他的家……鬧脾氣，吼叫、掙扎，一個星期不到
　　　瘦了一大圈……弄得我也無心工作，乾脆自己來……
　　　（裡頭宋老師又吼起來，陽山跑進去安撫，三個人也
　　　跟過去）好好好……對不起，我不說，我不說，啊？
　　　我不說了！（老師平靜下來，三個人又走到客廳）

陽山：你們覺不覺得……他好像是活在一個我們無法理解的
　　　空間裡頭……身體在床上，但人好像隨時都跟在我身
　　　邊，離不開……也不想離開。

家俊：那你的工作呢？

陽山：就全職看護了！

家俊：那……生活呢？

陽山：還好，之前還有點存款……也偷空在網路做點股票什麼的。

遠帆：慢慢的，說不定我們也都要面對這些了……不過，並不是每個人都可以做到像宋哥這樣，至少我就沒把握我可以。

耀群：所以我跟你說要生小孩啊，你現在不想負責任，以後就沒人擔責任！

遠帆：就是生不出來啊！我老婆有她的問題，我也有我的問題……

耀群：你什麼問題？

遠帆：醫生說是什麼精子活動力太弱……我在想，是不是做業務酒喝太多了，底下的小蝌蚪都不勝酒力，一直處在宿醉狀態，所以走不動，也搞不清方向。

耀群：ㄟ，好巧，我有一個同事跟你一樣，可是後來做人成功了ㄟ！不是靠打針吃藥，只是簡單地應用了地心引力的理論而已哦……就是（望了一下女人們的方向，小聲）當你釋放出來之後，不要耽擱，馬上把老婆的腳靠緊，然後提起來，讓她成倒立狀……

遠帆：然後呢？

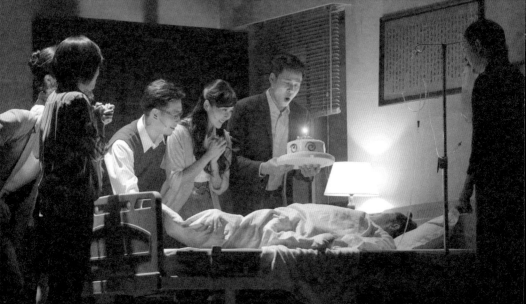

耀群：然後？然後你的小蝌蚪就可以用他最省力的方式，像
　　　溜滑梯一樣，加速流到他該去的地方啊！

遠帆：啊？有這一招？那要不要順便給「切切咧」？

耀群：當下如果你還有力氣的話，我是不反對啦。

遠帆：靠……怎麼忽然覺得好蒼涼……記得以前在老師家聊
　　　的是國家大事、是夢想抱負……現在談的卻是精子如
　　　何加速！宋哥，學弟，不好意思啊？

家俊：哪會，說不定以後我也用得上。

遠帆：你也喝酒啊？

家俊：不……我一向比較懶，動作慢。

　　　（女人們進來，端著水果點心）

瑞君：喂！你們在幹嘛？怎麼還沒把蛋糕準備好啊？

耀群：哦，對不起……我們一直在談國家大事！

遠帆：對，還有，夢想抱負！來來，馬上搞定！

　　　（遠帆用打火機把蛋糕上的蠟燭點亮，燈光慢慢轉
　　　暗，他們一起唱歌走入房間，老師在床上呀呀叫著，
　　　所有人一起吹熄蠟燭，音樂起，燈暗）

　　　（燈亮的時候，瑞君和陽山在整理屋裡）

瑞君：剛剛你們在這兒說些什麼？好像說得很起勁。

陽山：是他們在說，我只是聽。他們說工作的事……上海啊
　　　什麼的，不過對我來說……好像都好遠、好陌生。也
　　　沒大他們幾歲……可是，卻就像一個老人在聽一群年

27

輕人說他們熱中、流行的事……有一陣子，忽然覺得，我是不是老了？幾年下來……就跟著我爸爸一起老了？

瑞君：是老了，你跟著你爸爸老，我也跟著你老。

陽山：我早說過，妳沒有義務跟著我老……

瑞君：（把手上的抹布丟向陽山）宋陽山，你不要推卸責任我跟你說，不要給我講這種話！

陽山：（撿起抹布逃避似地東擦西擦，連地上都抹一抹，然後尷尬地笑著）哦，後來他們還討論生小孩的方法，遠帆夫妻好像一直生不出來。

那方法……好笑，但就不知道有沒有效。

瑞君：是哦？我們……大概也希望渺茫了？我都四十了……或許，哪天有空的話，我應該先去摘一顆卵子，找地方把它冰起來，留著以後用……報紙上說，林志玲都這麼弄，你覺得呢？（陽山愣在那兒）算了，不說這個，除了你爸的事，其他的你大概也沒有心思了。

（安靜了一下，看看手機）我得走了，家裡那兩個好像又在鬧革命了，七通我媽的未接電話。（瑞君站起來拿皮包）我有轉帳到你的戶頭，記得的話，去刷刷看。（開門，站在門口）我老了，不會有其他人要了，知道嗎？你要負責，不要給我耍賴！（關門，老

師又咿呀起來，陽山走到父親房間門口，扶著門框，
低下頭。音樂拉高）

燈暗。

第二場

瑞君家

暗場中瑞君講電話和斷續電鈴聲、敲門聲先進。

燈亮時，只見瑞君父母各坐一方，動也不動。

瑞君：……我知道，你們一定有你們的考量，不過創意和導
演那邊或許認爲這樣的改變效果可能更好，我覺得他
們絕對是善意啦，不是你說的只想玩技巧……Sorry！
你怪我好了，他們態度上的問題，絕對是我領導無方
好不好？可以！你可以跟他們說我絕對同意「你」的
意見！嗯，嗯，當然！是！我的錯，我沒在現場，
我賠罪！誰怕誰啊？最多我醉給你看！是！請息
怒！OK，OK，Bye！（敲門）裡面沒人嗎？不會吧？
媽！爸！開門啦！（停了一會兒）喂，119，對不起，
我家好像出事了，我爸媽吵架，然後，然後沒有人開
門，我怕他們都已經彼此把彼此殺掉了！哦，地址是
八德路三段401巷……

　　　　（媽媽衝過去開門，瑞君站在門口，手是拿著手機，
　　　　但卻是平靜地交叉在胸口）

媽媽：妳是在三八假賢慧哦？爸仔母冤家就要講給全世界知
哦？捨世捨症！

瑞君：知道見笑攔愛冤！

爸爸：妳也不是不知道，伊就是入棺材也要點胭脂，死要面
子！

32

媽媽：妳去給講，啊若伊，就是一世人不要臉！

瑞君：（跟爸爸說）伊講你，就是一世人不要臉！

爸爸：我是怎樣不要臉？妳叫伊講看覓，我是嘟位不要臉？

瑞君：（跟媽媽說）伊是嘟位不要臉？伊叫妳講看覓。
（Line的聲音，瑞君看手機）

媽媽：妳給講，想要看孫子的是他自己哦，竟然叫我打電話，還擱叫兒子買飛機票，寄所費……這嘛人生氣了啦，不gen乎阮去啊啦，妳跟伊講，世間敢有這款大面神擱沒良心的老爸？

瑞君：（朝爸爸，但一邊回Line）伊講……世間敢有你這種大面神擱無良心的老爸？

爸爸：妳叫伊別在那兒天鬼假小利！每天在那兒唸子唸孫，唸小打kou的是誰？

瑞君：（疑惑地看爸爸）唸小打kou……是什麼意思？

媽媽：嘿古早話啦，就要像這款不眞樣的老猴才講得出嘴！

瑞君：（朝媽媽說）哦，伊問妳說，每天在那唸子唸孫，唸小打kou的是誰！（電話響）喂，嗯……是我同意的！（停一下，大聲）是，我軟弱，所以讓你們沒有尊嚴……但是，小朋友，我欣賞你們的尊嚴，但是也請你們包容一下我的卑微，因爲你們的尊嚴一旦也傷到對方的尊嚴，輸的絕對不會是他們，我們就會丟掉這個客戶，丟掉一年八千萬的營業額，可能就是八百

萬的利潤，而這八百萬可能就是公司的年終獎金和
國外進修、旅遊的費用……現在，請在維護你們的
尊嚴，還是包容我的卑微甚至是無恥之間做一個選
擇！OK？OK？

媽媽：查某囝仔人講話氣口那麼歹，都不驚人講妳家教不
　　　好！妳去跟伊講啦，叫伊做一個查甫人要卡有肩胛卡
　　　有卵泡咧啦！

瑞君：（向爸爸）你做一個查甫人要卡有肩胛卡有……對不
　　　起，我的家教讓我講不出這兩個字，而且，我不想玩
　　　了！我不想跟你們玩這種無聊的遊戲了，可以嗎？老
　　　實說，每次只要你們一吵架，把我叫回來，我都不知
　　　道我能做什麼，因為我沒有結過婚，沒有夫妻吵架的
　　　經驗，所以我不知道能幫什麼忙，而這方面的資歷，
　　　全世界其實沒有人比你們更強！

媽媽：就是妳沒結婚，沒遇到奧人，才會不知我嫁到這款的
　　　有多衰尾、多歹命！

瑞君：結婚？從小看你們這種樣子，誰會對婚姻有期待、有
　　　信心啊？

媽媽：妳不會像我這麼衰啦，就是路邊隨便撿一個，嘛比這
　　　個好咧幾千倍！

瑞君：（看手機，隨便回答）是哦，隨便找一個，然後繼續
　　　跟你們一樣，吵架、打架，然後……離婚！哦，對不

起，你們還沒離。

爸爸：快了啦！

瑞君：十幾年前你就這樣講過了啦！

媽媽：就算離婚也比四十歲了都還沒結婚好。

瑞君：請問，妳現在是在說我嗎？

媽媽：我哪有說妳？我是舉個例而已……一個四十歲的查某，身軀邊還沒查甫人，我若跟人家講，啊嘟離婚啦，別人起碼會理解、會同情……啊若講「還沒嫁」，這三字我實在見笑到講不出嘴！

瑞君：請問現在是怎樣？你們吵架，叫我回來，然後主題轉到我這邊來了？我公親變事主了？

爸爸：妳現在才知道她有多盧哦？現在才知道她永遠只有情緒沒有理智？

媽媽：對！我就是沒理智，你講的啊，我書沒讀你那麼高，我膚淺！

爸爸：妳別在那兒空嘴嚼舌，我有這樣講嗎？

瑞君：（看手機）有啦，你講過幾百次了！（打電話）

爸爸：（喃喃地）妳是回來弄狗相咬的哦？

媽媽：我書讀沒高，是因為我自小漢就知影替人想！厝內窮，國中畢業就自己認分去電子公司做女工，不才會那麼膚淺那麼沒理智去乎一個五專畢業的工程師騙去死！（瑞君接通電話，說：喂，瓊恩，妳找我？哦，我在我爸媽家，很吵哦，對啊，我媽在看連續劇重播啦……我知道啊……）書沒念你那麼高被你看不起，啊請問一咧，你多讀我兩年又怎樣？眼高手低，做啥敗啥，若不是我，請問咱一傢伙仔是怎樣生活？甘有這間厝通住？書讀多……書讀多，只會替自己想而已啦，就像有些人，若講起做工做田的，就講人沒水準，就沒想過是誰種稻仔種菜去養他們那隻嘴？看厝內這兩個就好……咱驚伊跟我一樣，書讀少，會被人家看不起，後擺找沒好頭路，所以卡艱苦也儉腸捏肚給伊讀，給伊補習，查甫的還讀到博士，結果呢，跟咧去給美國查某招咧，一去不回頭，一年透天也不曾相借問，也不曾寄一仙五厘回來……（瑞君講完電話，媽媽順嘴上），啊這個查某的也差不多啦，有跟

36

　　咧沒咧，明明同款住台北，若沒給伊求，一個月才來
　　探一次……跟咧月經咧！

瑞君：媽，如果妳忘記這個女兒跟妳之前一樣，也要拚工作
　　換生活，沒關係！但能不能請妳假裝一下，就把妳這
　　個四十歲的女兒，當作已經出嫁，已經是別人的媳婦
　　了，可不可以？一個月回來看一次……也算盡分了，
　　是不是？我拜託妳！

媽媽：隨便啦，你們書念高，最會編道理……時代不同款了
　　啦，你們做人子兒嗣小，若感覺自己的良心會當過，
　　阮多講話是多給人怨嘆的而已啦！

瑞君：對……當父母的也一樣，不管跟兒女講什麼都對，不
　　過，我不知道你們想不想聽一些真心話……小時候，
　　只要你們一吵架、打架，我跟哥哥就害怕，躲在棉被
　　裡哭，然後就有幾天像孤兒，沒人聞問，三餐不繼！
　　有一次哥哥把他的痛苦寫在日記裡，老師看到了，來
　　做家庭訪問，結果……你們兩個竟然那麼難得地夫唱
　　婦隨起來，聯手揍他！
　　老實說，後來我和哥哥就把你們這種行為當成奧戲拖
　　棚而已！根本不在意，我們心裡想的是，怎樣可以盡
　　快離開這個破戲院！哥哥比較幸運，終於可以不用再
　　看這種爛戲了！而我……比較倒楣，明明已經離開戲
　　院了，可是沒事還要被你們強迫回來包場一個人看！

老實說……有時候會很累，也很煩，今天就是！所以能不能請你們提前謝幕，我也可以早點鼓掌離開，好不好？（瑞君慢慢走去拿皮包）這個月的錢，我已經轉帳了，記得的話……去刷刷看。

（瑞君出門，兩老坐在那兒，安靜了一下子）

爸爸：死好，沒代誌把女兒叫回來把妳罵罵咧，妳就有卡爽？

媽媽：伊是在罵咱兩個呢，你聽沒哦？

瑞君：（忽然開門）媽，我寧願相信……妳說白養這兩個孩子，只是嘴巴講，心裡並不是這樣想……因為，也許我們能力不足，做得不夠，或者不知道怎麼做才能讓妳滿意……但是，請相信，你們還是我們心裡很重要

　　的部分，不管那是牽掛，還是……負擔。

　　（關門）

爸爸：妳有聽清楚沒？伊在罵的是妳！

瑞君：（又開門）還有……你們兩個……以前你們只要一吵
　　　架，就說要離婚，我跟哥哥一聽都會偷偷地哭，這幾
　　　年……你們反而都不提這兩個字了，其實你們可以考
　　　慮看看，我想我跟哥哥應該都不會哭了，而且還會很
　　　積極地幫你們找律師！

　　（關門，兩老愣在現場）

媽媽：（哽咽）咱養孩子……哪會像在養冤仇人？

燈漸暗，媽媽哭聲起。

遠帆家臥室

我提這些……只是老實承認，
對生孩子這件事，其實……我好像還沒有準備好，你呢？

暗場裡有做愛的聲音，男生說：我要來了。我來了。妳夾緊，夾緊，不要漏掉！

然後女生大叫說：你在幹嘛？我的腰！我的腰！痛啦！

男生：我同學說，倒立可以加速精子通過，試試看！

女生：我不要！我不要！你變態啊你！

燈亮。

遠帆和慕瑛下半身藏在被子裡穿褲子，慕瑛稍起身，遠帆還在喘。

遠帆：（邊喘邊說）妳先不要動！萬一流出來，就做白工了。

慕瑛：緊張什麼！要是有用的話，一隻就夠用了！（拿床頭櫃上的ipad，開機）你先去洗澡。

遠帆：不急，我陪妳躺一下！

慕瑛：少在那裡無情裝有情！你是喘得跟狗一樣，爬不起來吧？（點了一下ipad，表情大變）江遠帆！你剛剛在看什麼？看A片？跟老婆做愛之前你竟然在看A片？

遠帆：哦，拜託哦，連續做幾天……就算加藤鷹也會累好不

好？我只是刺激一下嘛！而且妳看，我還挑一部女主
角長得跟妳很像的！愛屋及烏啊！

慕瑛：我才不要看！你以為累的只有你啊？我不累啊？

遠帆：我當然知道妳也累，可是男女不一樣嘛，妳不行的時
候還是行，我不行的時候就是不行欸！

慕瑛：你根本不打自招……網路上一篇文章說，當一個男人
對妳沒慾望的時候……就是不愛了。記得戀愛時……
每次見面，你都像一隻發情的公狗，現在，操，還要
先看別的女人來催情。

遠帆：拜託……年紀也有關係好不好？時不我與了……妳
以前不是一不小心就跟我說：死了死了……MC沒來
ㄟ！記不記得……我們拿掉過幾個？

慕瑛：廢話！幾年前，你工作不順，碰到一個騙子，跟你說
是嬰靈作怪，要作法消災，一個兩萬，結果……被騙
了六萬！

遠帆：也不要說被騙啦……至少也是一種心理治療，而且後
來工作不是還真的比較順了？

慕瑛：說被騙你還不信，之後我介紹一個朋友去，她拿了兩

個，結果人家才跟她收三萬，而且還免費幫她算一次
紫微斗數……不對！江遠帆，你老實跟我說，你是不
是其實有四個？有一個是另外一個女人的？

遠帆：拜託哦，都民國一百多年了，妳還在跟我算大明王朝
的帳！

慕瑛：算了……之後你跟其他女人拿掉幾個我都不在意了，
幹嘛在乎以前的？

遠帆：妳現在是怎樣？

慕瑛：沒怎樣……我只是忽然想到，一個人會不會一輩子可
以做愛幾次，生小孩的機會有幾次……都早就有固定
配額了？配額一用完……就沒了，而我們通常在結婚
前就把它們全部用光了？不然，以前的人隨便一生就
是五六個，而現在……好多人結婚之後拚死拚活想生
都生不出來？而且……你剛剛說了一句什麼？四個字
的。

遠帆：愛屋及烏？說那個A片女主角像妳。

慕瑛：你不要老是用小頭思考好不好？不是這個。

遠帆：哦……時不我與。

慕瑛：嗯。時不我與。聽起來有點淒涼，好像……我們都已
經老了。

遠帆：是不年輕了啊，我們今年三十七，虛歲三十八，過年
三十九，台灣人習慣不說九，所以都四十了……不老

嗎？

慕瑛：那……我們幹嘛還要生小孩啊？你看，就算一切順利
的話……三十九，哦，不能說九，所以是四十歲生小
孩，然後，他二十歲的時候，天啊！我們都六十了！

遠帆：老實說，當初妳決定生的時候，我也猶豫過，不過，
前一陣子看到宋老師的狀況之後，忽然覺得，如果有
一天我們也跟他一樣，而身邊沒有半個人……那會不
會很孤單？很可憐？

慕瑛：你這樣想會不會太自私啊？（朝自己下腹部說）
hello，趕快閃！趕快閃！別往裡頭闖了，你爸爸對你
唯一的期待是老的時候有人幫他翻身！

遠帆：妳不覺得我這麼說……其實很老實嗎？記得我曾經問
過我爸，當年爲什麼要生下我？他說本來是決定不生
的，因爲那時候台灣還在戒嚴，腦袋不能亂想，嘴巴
不能亂講，他覺得，連自己都無法告訴自己未來是自
由而且美好之前，怎麼能再生一個孩子，讓他跟自己
一樣，活在壓抑而不確定的世界裡？我就說：那……
後來你又幹嘛把我生下來？他想了想說：因爲我覺
得，如果要對抗強權的話，多一個同志，就多一分力
量！

慕瑛：聽你爸在放屁！

遠帆：我也覺得，因爲後來除了投票的時候要我投給反對黨
之外，一輩子也沒看過他出來對抗過什麼！我去上海
上班前，他還好幾次提醒我說：那邊跟台灣不一樣
哦，記得要「有耳無嘴」哦！而且，如果現在再去問
他說，當初爲什麼決定要生我這個孩子，他給的可能
又會是另一個答案也不一定，比如，生命的意義在創
造宇宙繼起之生命之類的。（看看慕瑛）妳呢？

慕瑛：我怎麼？

遠帆：之前，人家問我們，爲什麼不生個小孩，妳都說：順
其自然吧！不然就說：連自己都養不活了，怎麼養孩
子啊？現在，卻反而積極起來了。

慕瑛：我還想說，你什麼時候才會問我這個問題呢。當初要
你一起去看醫生，你好像也沒有什麼特別反應，就跟
平常很無所謂地陪我上街買鞋、買衣服、買鹽酥雞一
樣，這讓我想到……大部分的父母，在決定生一個孩
子之前，他們是不是都很認真地討論過、思考過……
爲什麼要生？怎麼養？用什麼樣的態度和孩子一起面
對未來的人生？他們是曾經思考過、討論過、並且都
取得共識之後才生嗎？還是……就因爲要有孩子……
所以去生一個孩子？或只是激情過後，發現有了，既
然有了，那就生下來吧……如果這樣，對孩子來說會
不會太不公平了？

遠帆：請問……妳現在是在質疑我？還是在質疑那些當父母
　　　的人？

慕瑛：我是在質疑我自己……記得之前，戀愛到了一個階
　　　段，發現感情的溫度都快消失殆盡的時候，想說：那
　　　就結婚吧？有了婚姻之後，說不定就可以延續或者挽
　　　救這份情感……甚至，只是不想讓自己覺得那一段戀
　　　愛過程是白走一趟，就像花了很多時間、很多錢才弄
　　　到的一雙鞋，即便不合腳，磨到腳跟都流血了，也捨
　　　不得丟……很好笑吧？其實，現在也一樣……想說，
　　　有個孩子，說不定就能讓我們已經……搖搖欲墜的婚
　　　姻有一個修復和補強的希望……甚至可以讓我相信，
　　　我跟上海那些和你糾纏不清的女人是有區別的……有
　　　孩子，就是一種理直氣壯的主權宣示……

遠帆：妳一定要再提那些過去的事嗎？一定要嗎？拜託，我
　　　不是回來在妳身邊了？

慕瑛：我提這些……只是老實承認，對於生孩子這件事，其
　　　實……我好像還沒有準備好，你呢？你準備好了嗎？
　　　我們都準備好了嗎？

　　　（遠帆看著慕瑛，然後慢慢低下頭。）

燈漸暗，前奏過後歌聲起，燈全暗。

「……每一個今天來到世界的嬰孩，睜大了眼睛……」

歌聲延續至下一場。

第四場

耀群家

我覺得我的人生，好像是被我爸害了。
妳不覺得嗎？搞半天，結果我還不是跟我爸當年一樣，
到同樣快四十歲的現在，好像已經看到人生的極限。

燈亮，耀群家客廳，下午放學時間，接近傍晚
的光線，有點疲倦的男孩和女孩拖著書包開門
進來。妹妹開始從書包裡拿出作業簿，哥哥則
往廚房那邊走，拿出兩個飲料的樂利包和餅
乾，兩個人坐下來，一邊吃東西一邊做功課，
燈慢慢暗。

燈慢慢亮，房裡還沒開燈，兩個小孩分別躺在
沙發和趴在餐桌上睡著了。耀群戴著安全帽先
開門進來，站在門邊，靜靜地看著屋裡，婉如
跟進，一樣戴著安全帽，但手裡拎著幾盒自助
餐店買的晚餐，她看著耀群，伸手要開燈，被
耀群阻止，只好小聲地關上門。

婉如：怎麼了？

耀群：忽然覺得這才是我必須面對的真實世界。妳看，就這麼大……二十五坪不到，而且理論上它還不是我的，因為還有二十年的貸款要交……有兩個孩子……他們是我的安慰，我的期待，也可能是我的驕傲，但是未來有龐大的教育費用要付，如果我沒辦法承擔的話，他們就跟我一樣，毫無前途……

婉如：不是世界末日，好不好？

耀群：不是嗎？

婉如：如果是，你還有心情在這裡朗誦散文？

耀群：這件事……要不要跟孩子們講？

婉如：暫時不要吧。他們沒有你想像的小，知道之後，他們的憂慮……說不定比我們還複雜。（婉如打開燈，小孩驚醒，看到爸媽馬上回到位置上繼續寫作業，婉如拿東西進廚房，耀群放好東西，坐下來拿孩子桌上的作業看）

耀群：剛剛你們都睡了？看你們睡得那麼香，我連燈都不敢開。很累哦……上了一天課，還要去才藝班，回來還有這麼多功課要做……爸爸也很累，只是爸爸的累，你們不了解。剛剛睡著的時候，有沒有作夢？（女兒點頭）是哦？夢見什麼？（婉如拿碗筷出來，看著這邊）

笈笈：夢見媽媽帶我們去玩，然後買炸雞給我們吃。

婉如：炸雞？妳亂夢！爸爸從來就不准你們吃炸雞！

笈笈：可是，夢裡面爸爸沒有去啊！

耀群：是哦……那下一次作夢的時候，拜託順便帶我好不好？（女兒沒回應）威諺呢？你有作夢嗎？（威諺點頭）那你夢到什麼？

威諺：我夢到你帶了一隻很大的狗回來，我很高興，一直摸牠一直跟牠玩。

　　　（婉如好像比較放心，進去）

耀群：對哦，爸爸好像說過，如果我們可以住大一點的房子，有院子的時候，就讓你養一隻狗……後來呢？

威諺：後來牠忽然撲過來，要咬我的臉，然後我就嚇醒了，就看到你們回來了。

耀群：就這樣？沒了哦？那不就跟你寫的這篇作文一樣，沒頭沒尾，不知所云……（婉如端晚餐出來）你唸一下，唸給媽媽聽，看我說的對不對。

婉如：先吃飯吧。

耀群：先唸一下，也沒寫幾個字就結束，一點都不用心，唸啊，唸給媽媽聽聽看！

威諺：（看看媽媽之後，無奈地拿起本子唸）題目是：星期天。

　　　星期天，我們通常都睡得比較晚。因為不上課、不上

班。爸爸規定媽媽說，抽油煙機和吸塵器，都不能在九點以前響，但是當我們醒來的時候，到處都整齊乾淨又明亮，早餐已經豐盛地出現在桌子上，好像仙女趁我們睡覺的時候，偷偷來過我們家一樣。

婉如：好棒！（輕輕鼓掌）好棒！

耀群：好棒？妳覺得很棒哦？好，那你們聽聽我的意見，看我說的對不對，這第一段根本就是廢話！星期天當然不上課不上班，這還用說嗎？然後再來，爸爸「規定」，規定這兩個字用在這裡對嗎？人家還以為你爸爸是個暴君！

婉如：有什麼不對？的確是你之前規定的啊。好！吃飯了，我們可以吃飯了吧？

耀群：老師竟然還給他九十五……我好像應該打個電話問她為什麼，跟她好好談一談……

婉如：吃飯！拜託，孩子們都餓了！

耀群：還是妳們女人都喜歡這種軟不拉嘰、言不及義的東西？

婉如：我們吃飯了可以嗎？！

（燈漸暗，我們看到孩子們走向餐桌，耀群沒動看著。全暗。）

（燈亮時耀群在原位，餐桌東西收掉了，他在看著一張什麼東西，拿著筆改著，婉如拿著一堆晒好了的衣

服走過來在餐桌邊摺。）

耀群：（示好）威諺那篇作文我改了一下，妳要不要聽聽
看？

婉如：我可以不聽嗎？

耀群：爲什麼？

婉如：因爲那已經不是他寫的，不是他的情感也不是他的語
言。

耀群：拜託，作文很重要ㄟ，妳不知道，今年台北高中前三
志願最後是用作文成績定生死的？不然我們幹嘛花錢
讓他上作文才藝班？

婉如：那是你要他去上的。

耀群：因爲考試是我的專長，我最清楚他哪一部分不夠強。

婉如：所以你的意思是……他的作文要寫得像你「想像」的
樣子才算強？

耀群：因爲改考卷給分數的老師都是像我這樣的大人！妳忘
了我給妳看過今年作文得高分的範本？

婉如：我覺得那根本不是一個小孩的眞心話，那是巴著你們
這些大人可能的喜好去寫出來的東西，虛僞做作，看
得讓人覺得尷尬不安！其實，你不必庸人自擾去煩惱
這些好不好？我們的教育永遠沒有人搞得定，沒有人
搞得懂，只要換部長，換總統，絕對又是另外一套，
到時候作文算個屁？說不定會打電動、會畫漫畫的得

分最高！

耀群：葉婉如，我覺得……妳有情緒哦！

婉如：我承認是有一點，但是，是你先開始的，不是嗎？還是我比較敏感？

耀群：我辭職這件事，妳很不爽，是不是？妳老實講。

婉如：說沒有是騙人的，但可能並沒有你想的那麼嚴重，因為這又不是第一次，可能……也不會是最後一次。你知道嗎？當你上班第二個禮拜，又跟以前一樣，開始罵老闆是笨蛋是蠢才的時候……我就有心理準備了，因為你不願意被笨蛋管，但是，更不會有笨蛋願意發薪水給一個老是瞧不起他的人，何況這個人說不定還從來沒有做過什麼聰明的事讓他佩服。

耀群：妳錯了……跟這個無關，這次我辭職是抗議公司不公平待遇。

婉如：因為你覺得應該是你的位置，結果調升的不是你？

耀群：升上來的是一個地區經理。無論學歷、經歷、資歷都輸我一大截，除非這中間有暗盤，否則我就不懂為什麼？

婉如：而且你也不懂公司內部投票，為什麼贊成調升你的總共才十一張，而光你自己的部門就有二十幾個人？

耀群：妳怎麼知道？

婉如：你一個同事打電話跟我說的⋯⋯要我勸你不要衝動，
　　　他說，不要辭，因為時不我與了，這種年紀⋯⋯再找
　　　工作不容易，何況⋯⋯

耀群：什麼？

婉如：何況你好像沒有看清楚現實狀況，其實你的專長和職
　　　位⋯⋯隨時都有幾千幾百個人可以替代，而且每個都
　　　比你年輕，要求的薪水更不到你現在二分之一！辭
　　　職，你覺得是抗議，但公司方面說不定因為你走反而
　　　鬆一口氣？

耀群：這也是我同事說的嗎？

婉如：如果有同事願意跟你這麼說，我會替你高興，因為只
　　　有最在意你的人，才願意這樣提醒。

　　　（婉如把摺好的衣服拿進去，耀群一個人沉默）

耀群：（婉如走進來，坐在餐桌那邊）我覺得我的人生，好
　　　像是被我爸害了。

　　　妳知道嗎？小時候他是村子裡最會念書的人，考上普
　　　考的時候，據說全村還放鞭炮，因為當時當公務員是
　　　一種保障、一種榮耀。

　　　可是當我國小快畢業的時候，有一天晚上，他好像喝
　　　醉了，把我叫起來，說以後絕對不能跟他一樣，吃公
　　　家飯，說他才四十歲，但已經看到自己的人生極限
　　　了，說，不管職位、成就，還是口袋裡的鈔票，就算
　　　做到退休，也跟現在差不多。

　　　為什麼會有這樣的感嘆……我後來才知道，因為有幾
　　　個他小時候根本看不在眼裡的同學，在台灣經濟快速
　　　發展的那個階段，竟然都變成有錢的大老闆。

　　　他把我弄到台北念書……說要競爭以後才會變成一流
　　　的人才，而且只有在城市才有機會、有資源，而他都
　　　不知道，這個人才在城市的寂寞和恐慌……

婉如：那時候你不會都沒有朋友吧？

耀群：好像……就只有宋老師和江遠帆。宋老師……我把他
　　　當作在台北的爸爸，而江遠帆……好像不太在意成
　　　績，所以比較願意和我接近，一些狗屁倒灶的事還是
　　　他教會的……打電動、看A片……

婉如：他那麼小就那麼有研究……現在卻生不出孩子？

耀群：這不是重點……重點是，青春的過程，我記得的好像
　　　也只有這個，其他……都只是重複，讀書、考試，進
　　　第一志願的高中、第一志願的大學、最紅的科系、畢
　　　業後第一名考進研究所，現在才知道，這些，好像都
　　　只是我爸後半生唯一可以跟別人誇耀的驕傲……除此
　　　之外，跟我自己的人生好像沒有一點關係……妳不覺
　　　得嗎？搞半天，結果我還不是跟我爸當年一樣，到同
　　　樣快四十歲的現在，好像已經看到人生的極限，（看
　　　看屋子四周）而且，到了退休的時候，說不定我的退
　　　休金都還沒有公務員優渥……時不我與……妳剛剛說
　　　到這四個字，我忽然覺得……自己是不是真的已經老
　　　了？

婉如：別忘了你太太就是公務員，而且真的快四十了，但我
　　　並不覺得我已經看到人生的極限……而且，你也沒老
　　　啊，其實你是一直太年輕，我說了希望你不要生氣，
　　　你跟你爸好像有點像……一直以為自己還是人群中那
　　　個永遠的第一名，於是對身邊的人，似乎只有兩種態
　　　度，看不起和不平衡，看不起那些書沒有念得你好的
　　　人，而對他們可能的成就和擁有的名利，心理老是不
　　　平衡……

耀群：我是這樣的人嗎？

婉如：我當然希望我的看法是錯的，因為這樣的人會不快

樂，而且沒有朋友……（筱筱在裡頭叫媽媽，婉如進去，留耀群一個人，裡頭傳來婉如和孩子們一陣笑聲，之後再出來，拿出一張畫）筱筱畫的，下班的爸爸和媽媽……我們的臉都被安全帽包住了，沒表情，她說她和威諺每天最在意的是我們脫下安全帽的時候的臉。我剛剛說到哪裡了？

耀群：說我不快樂，沒有朋友……

婉如：……說來也許你會覺得好笑，有一陣子，我還會因為威諺成績太好而感到憂心，老師說，你常打電話告訴她該加強什麼、加強什麼，而我遇到她的時候，都只問她說，威諺在班上有沒有朋友啊？

耀群：我打那樣的電話有錯嗎？

婉如：這沒什麼對錯，只是我們對孩子的期待不同吧？你知道嗎？這學期老師讓一個學習能力比較差的孩子和威諺坐一起，要威諺當他的小老師，有一天，老師忽然打電話給我，說那天考試的時候，她看到威諺竟然把寫好的考卷偷偷地移過去，讓那個小朋友抄……她說，兩個孩子都好單純，他們並不知道有人發現這個祕密，但，兩個人的臉卻都一直紅、一直紅……這對你來說，也許是作弊吧……但我們兩個笨女人竟然在電話的兩頭一邊說一邊流淚一邊笑……

耀群：我要求老師，要求孩子……只是覺得自己念書的時候

拚成那個樣子，而現在……不過如此。我不希望他到
了……

婉如：（打斷耀群）你對孩子有過想像嗎？

耀群：什麼？

婉如：就是……曾經想像……他長大之後的某一天，會是什
麼樣子的，做了什麼事讓你很開心，甚至覺得有這樣
的孩子，人生真是不虛此行？

耀群：有啊……我希望他比我強，想像過有一天……他得了
一個國際的什麼大獎，我們去機場接他，他把獎牌拿
給我們看，很多攝影機在拍……然後他牽著我們的
手，警察撥開人群，讓我們慢慢走出來……

婉如：你的場面好大哦……比較起來，我的想像好像很不成
材。我不確定他們以後做的是哪一行，不過，如果當
官，應該不貪汙，不說謊。當工匠，一定很專業，不
亂敲竹槓。如果是商人，絕對不會去賺沒良心的錢。
最重要的是，他們都很快樂，有很多朋友，很健康也
很善良……我住的地方好像也還是在這裡，不過貸款
已經付清了。

一個冬天的下午，陽光很亮、很暖，他們都回來了，
還帶著小孩，說：想出去散散步嗎？我說好啊，然後
我們就坐捷運去淡水，他們牽著我在海邊走，海邊人
很少，就只有我們幾個，海浪的聲音一陣一陣的，小

孩跑得遠遠的，在唱一首……我從來沒聽過的歌。

耀群：那時候我在做什麼？

婉如：ㄟ，對哦，奇怪，你怎麼不在裡頭？啊，我知道了，
那時候你可能和你想像的那個孩子去上電視、被訪
問。

（孩子們換了上床的衣服出來）

婉如：（跟耀群說）多抱他們一下吧，趁他們都還小，還沒
離開。

（孩子們走過來，分別擁抱他們）

笈笈：爸，晚安。

威諺：媽，晚安。

（燈漸暗，笈笈進去之前說：我愛你們！）

燈暗。

中場休息。

第五場

咖啡廳

暗場中音樂起，如序場一樣的前奏，歌聲起。燈亮，咖啡廳裡只
有老闆和一個顧客，是耀群，桌上一些雜誌。老闆過來幫他加
水，問他要不要續杯，他搖搖頭，看錶，說：我再坐一下就走。
燈暗。

第二次燈亮。咖啡廳裡是瑞君和一個女客戶，好像在議價，客戶
無法接受，瑞君最後無奈地笑，然後站起來和客戶握手，客戶拿
帳單好像要付帳，瑞君擋下。

客戶：一千兩百萬真的是我們公司的底限！
瑞君：（站起來並伸手）我了解，希望下次還有機會合作！
客戶：好～（站起來，握手）那就下次吧！（拿起帳單）
瑞君：（搶回帳單）我來～
　　　（客戶放下帳單，離開，從左舞台下場）
　　　（客戶走後，她有點疲憊地坐下來，獨自喝著冷掉的
　　　咖啡，老闆過來幫她加水，家俊進來，燈全亮。）
老闆：ㄟ，好久不見ㄟ，以為你移民了。
家俊：被派去上海，最近才回來，你都沒什麼變呢？鬍子依
　　　然性感！
老闆：（脫帽）但這邊的已經絕頂！歲月無情啊！（看到家
　　　俊和瑞君打招呼）你們認識哦？坐，坐，很久沒回來
　　　了，我給你來一杯台灣特調！讓你馬上適應台灣環
　　　境！
家俊：啊嘿是啥？
老闆：裡面特別加有塑化劑、銅葉綠素和餿水油……開玩笑
　　　啦，給你一杯我最近調出來的獨門祕方，怎樣？
　　　（家俊坐到瑞君旁）

71

家俊：好巧，沒想到在這裡又遇到。老師最近好嗎？

瑞君：一樣，沒什麼變化……音樂要不要關掉？

家俊：不用，蠻好聽的。

瑞君：很老的歌了……因為店裡沒其他人，我要老闆放的，
　　　剛流行的時候我還小，後來是大學的時候，去山上果
　　　園打工，那裡除了投幣式的卡拉OK之外也沒什麼娛
　　　樂，結果大家都喜歡點這一首……

家俊：為什麼？

瑞君：也許歌詞很貼近某種心情吧，不過最主要的不是這
　　　個，而是這首歌後面那段飄來飄去飄很長……同樣十
　　　塊錢，這一首可以唱最久，沒想到後來就成了青春記
　　　憶……煩惱的時候一聽，就好像回到那段日子，無憂

無慮。

家俊：我沒聽過，台灣很多東西，我空白了很久，選舉我都
　　　還沒有投過票呢，妳信不信？妳跟人家有約？

瑞君：一個……很難搞的客戶，剛走，你呢？

家俊：爸爸召見。

瑞君：在咖啡廳？

家俊：我媽規定家裡不能談公事，我爸規定，公司裡不談私
　　　事……約這裡，好像公事私事都可以談吧，我也不知
　　　道，不過這裡離公司近倒是真的。

瑞君：你媽媽很棒，家裡不談公事是對的，不然下班還是繼
　　　續上班。

家俊：也對，不過……從此之後，我跟我爸在家裡簡直就沒
　　　話可說了。

瑞君：是哦……那我比較安慰一點，我以為只有我跟我爸沒
　　　話說。

家俊：所以……很想念宋老師，什麼都願意跟我們說，妳知
　　　道嗎？有一次我只是在週記裡寫了一點點心裡的苦
　　　悶，他的回應幾乎寫掉我半本週記本……國二，我爸
　　　要把我送去美國念書的時候，我不想去，鬧革命，蹺
　　　家，躲到最後又冷又餓，為了尊嚴問題又不想投降，
　　　結果找到我的也是他……

瑞君：你躲哪裡了？

家俊：台北火車站⋯⋯老師找到我，是因爲他忽然想起我的
　　　作文曾經寫過，我最不喜歡離別的場面，但卻又最喜
　　　歡看到人們重逢。

瑞君：他是貼心的長輩⋯⋯我跟宋陽山在一起，有一個重要
　　　的原因好像跟你們一樣，心裡渴望有這樣的爸爸。

家俊：我喜歡他以前的房子，有一間小小的書房，掛很多照
　　　片。

瑞君：嗯。

家俊：後來怎麼搬了？

瑞君：賣了。換小一點的。照顧他⋯⋯需要錢。

家俊：宋大哥⋯⋯很辛苦。（瑞君點點頭）請妳跟他說⋯⋯
　　　我可以幫忙，不是幫他，是⋯⋯老師，是我心裡⋯⋯
　　　那個爸爸（瑞君有情緒，拍拍家俊的手）

　　　（王父進來，四周看著，家俊站起來，跟瑞君示意，
　　　拿走她的帳單）

王父：（跟老闆）音樂卡小聲咧，安呢人要怎樣講話？

　　　（王父在另一張桌子坐下來，家俊跟著坐下，和要離
　　　開的瑞君致意）

王父：這個查某是誰？

家俊：朋友。

王父：應該不是女朋友吧？看起來比你卡老……啊哪跟咧在號（哭）？你是跟人家怎樣是否？

　　　（老闆拿menu和水過來給王父和家俊）

王父：我同款。

老闆：（不知所措）歹勢……我好像還沒見過你，還是我忘了……

王父：哦……啊你，你哪那麼像以前這裡的頭家，阿不拉？

老闆：大家都這麼講，他是我爸爸。

王父：他兒子不是很早就送去英國讀書？

老闆：是……是我。

王父：啊你回來接他的額，開咖啡廳？

老闆：是。

王父：啊？安呢你老爸成本敢不會開太高？要開咖啡廳，也得去英國讀書？

家俊：爸！

王父：沒啦，我是講給你做參考啦。上好喝的來一杯就好。

（老闆一走他馬上說）你還沒跟我說，那個查某是誰。

家俊：你記得我國中時候那個宋老師？她是他兒子的女朋友。

王父：啊哪會跟你在號（哭）？

家俊：我們恰好在這裡遇到……我問她宋老師的病況。

王父：他破病了？什麼病？

家俊：類似重度中風……不能動，也沒辦法講話。

王父：哪會這麼嘟好，我最後一次來這，最後一次看到阿不拉，就是跟宋老師約在這兒講話。

家俊：我怎麼不知道……你們講啥？

王父：過去的代誌啊……

家俊：應該是講我去美國讀書的事？

王父：嘿啊，伊講你若沒意願，就不一定要送你去，雖然你是囝仔，嘛是要尊重。我就問伊講，一個十三歲的囝仔，若講伊不願讀書，想要去流浪，啊我也要尊重？了後伊就沒話通講！老師做慣習，什麼都照書走，都不知道社會在變化！那個時陣，我所有有能力的朋友，大部分攏嘛把囝仔送出國……一個介紹一個，去飛機場送囝仔出去……四界攏在哭，你老母也同款，跟咧在送山咧！

家俊：所以……當初你送我出去，就是因為大家的孩子都出

去了，我沒去你沒面子？

王父：你講話可以攔卡沒良心一點沒要緊。

家俊：我只是想知道你當初的動機……或許，我才會理解，
後來你要我回來的眞正目的。

王父：你連這都不知道哦？我給你在國外那麼多年的錢不就
多開的？安呢講啦，阮老爸就比你老爸卡憨慢，種菜
種一世人……我高商讀到二年就沒錢給我讀，我只好
走來台北貿易公司做小弟，邊做邊看邊學，退伍回來
了後，時機當好，外銷嚇嚇叫，幾個朋友叩叩咧，自
己做，那時陣，有夠可憐，英文沒半撇，外國buyer
來，catalog用比的，結束只會說thank you，所以，大
項的都接沒，卡接也是人吃剩的肉幼仔……

那個時陣……我就想說，生意做到這麼辛苦，就是
因爲我書讀不夠，所以，第一，你的書一定要讀乎
到額。第二，台灣未來若要賺有吃，絕對不能憨憨
坐在厝內等人來，看外國人的目色不打緊，價錢攔
自己刲，這樣不行，咱一定要知道全世界尙新的
information，知道全世界的人現在在衝啥、欠啥、需
要啥，咱才有法度賺頭前，跟人有競爭！

安呢，你知道我是安怎要送你出去否？

叫你回來……是我老啊，事業規模攔淡這麼闊，不是
你……我是要交代給誰？……啊聽你老母講，你不

爽，不湊我？

（老闆拿咖啡過來，王父聞了聞）不
歹哦！不過英國讀書讀那麼久，回來
煮咖啡……敢會太無彩？

老闆：不會啦，咖啡也是一種學問。

王父：嘛是啦，歡喜就好！（老闆走開）

家俊：人家他是高高興興回來接他爸爸的生
意，比你兒子孝順、聽話，你沒給人
家歹勢，擱顛倒安呢給虧……

王父：事業哦？事業是百百種啦……你若這
樣講，我就給鼓鼓掌！（朝老闆鼓掌
說）讚哦！啊你呢，人歡歡喜喜接，
啊你是哪裡在不爽？

家俊：爸……我們好像很少這樣坐著，好好
講講話……

王父：就是要跟你「好好講講話」，我才跟
你約在這……剛做生意的時候，我和
那些鬥陣的若有閒就來這叫一杯咖
啡，黑白講，講未來，講夢想……那
個時陣……現在想起來，實在足好！

家俊：我們現在也可以啊，如果先忘記我是
你的兒子……把我當作是當年和你一

起奮鬥的朋友，是大人……聽我黑白講，講未來、講
夢想……應該嘛會使啊！

王父：好！嘛好！你先講……講你對我是嘟位在沒滿意？

家俊：……對你不滿意，應該是真久以前的代誌……國二的
時候，也沒問我要或不要，你就把我送出國……把我
熟悉的老師和朋友硬拆開，剛開始，語言不通，寂
寞、想家，被欺侮的時候不敢回嘴，因爲阿督仔那麼
大隻，要相打也打不贏……你跟媽媽久久來一次，有
委屈才想要跟你們講……你就先講，哇，這款環境這
麼好！我小漢若會當安呢無煩無惱在這讀書，半夜也
偷笑！我一聽，什麼話也不敢說出口……

王父：我嘛是十六歲就離開厝來台北，乎人喊起喊倒，也才
多你兩歲ㄋㄧㄚˇ！

家俊：媽媽也是這樣跟我說……所以之後我就不曾再抱怨什
麼。對環境愈來愈熟悉了後，反而會感謝你和媽媽，
因爲是你們，我才有機會遇到很多不同的人，看到那
麼開闊的世界，也因爲是你們不在我身邊，所以……
我有比別人更多的自由，去嘗試很多你們可能不會允
准的事情……

王父：比如啥？

家俊：不是吸毒、賭博或是雜交啦，你賣緊張……比如講，
去參加一些奇奇怪怪的小團體，聽一些不一樣的演

講，認識一些行業很特殊的人……比如，一個退休的
戰地記者，聽他說他的經歷，我才知道這個世界其實
每天都有戰爭，都有人在互相殘殺……有小孩子還來
不及長大就死去，到處都有人吃不飽、穿不暖……才
知道美國政府常講的維護世界正義……其實有時候只
是一種美麗的包裝而已……我覺得我的內心有很大的
變化，想要跟你講，跟你討論，跟你分享……但是好
像沒什麼機會……

王父：講這？咱是王寶釧跟薛平貴，十八年不相見啊？

家俊：有相見……但是咱不曾像這樣，坐咧溫溫啊講。我回
來的時候……你經常是在國外跑，就算運氣好遇到
了，你關心的好像只是……錢有夠用嗎？啊書念得怎
麼樣？你去美國……也都是為了生意，來找我，第一
句話永遠都是：哦，我累得要死！然後就是叫我帶你
去看好看的，吃好吃的，路上只要看到漂亮的房子，
就要我去問人家要不要賣？要賣多少錢？……難得有
機會，坐下來，我才一開口說些嚴肅的事，你就講囝
仔人，書讀乎好就好……不要湊那些有的沒的代誌，
人嘿大人有大人的想法，你不識！

王父：我叫你去問厝問地的價錢擱愛給你虧哦？那嘛是為了
你打算呢，想說，後擺你若要在那兒生活，我是不是
要先替你傳？

家俊：但是……我一拿到學位，你就馬上把我叫回來不是
　　　嗎？就跟國二的時候一樣，把我熟悉的朋友、熟悉的
　　　生活和環境拆散……也沒問過我的意願。

王父：你這樣就沒理哦……你剛剛不是問過我送你出去的動
　　　機和目的？我不是跟你講很明？我一直沒變哦，變的
　　　是你哦！

家俊：變的是我……我承認。我常常在想，當初你如果沒有
　　　送我出去，一直跟在你身邊……我可能就理所當然地
　　　跟著你的路走……也就不會去想，這條路，對我來說
　　　到底合不合適……對你，對公司來說……我到底是一
　　　個真正有能力、有貢獻的人才，或者，只不過是一個
　　　虛有其表的少爺。

　　　不過，因為你讓我出國讀書，讓我一個人自由那麼
　　　久，反而有機會去了解自己到底是個什麼樣的人，才
　　　知道到底哪一條路才適合我……

王父：你講這個是什麼意思？

家俊：我的意思是，我可能會讓你失望，我可能沒辦法達成
　　　你當初的目的和期待……因為我了解，我絕對不是生
　　　意人才……以前你不是常常講，生意子歹生……即碼
　　　我承認，你生了不對個。

王父：ㄟ，你現在是在給我練什麼痟話？大學我叫你讀國際
　　　商務，研究所我叫你讀企業管理，擱用這麼多年的時

間讓你越南、上海、歐洲繞一圈，給你訓練，乎你經
驗，你現在煞跟我說這！（朝老闆）阿不拉！你應該
嘛姓游啦哄？水給我加一下！（老闆過來倒水）你們
兩個可以做換帖的！頭殼攏讀書讀到相絆！（老闆有
點不清楚狀況，真的伸手和家俊握了握）啊你們攏真
正的哦？

家俊：爸，其實，就是這幾年，你讓我繞了一圈，我才發
　　　見，如果跟那些主管、幹部比起來……我實在差他們
　　　一大截，他們隨便哪一個，都比我厲害得多，公司交
　　　代給他們，絕對比交給我適合。

王父：你這根本是在「逃避責任」！（王父有點生氣，站起
　　　來）

家俊：爸，我是負責任才會這樣跟你講，因為公司交給不對
　　　的人，害到的不只是你……害到的可能是幾千個家庭
　　　幾萬個人！

王父：啊沒你跟我講你要做啥？你別跟我說你也要開咖啡
　　　廳！

家俊：爸，我研究所念的是企業管理沒有錯，不過，你可能
　　　不知我真正的興趣是什麼？其實，我論文是：NGO的
　　　建立經營和管理。

王父：NGO？你研究什麼NGO？

家俊：NGO，非政府組織的建立經營和管理。

王父：我砰啊我……那比開咖啡廳擱卡害！那是在開錢，不是在賺錢的呢！

家俊：我知啊，我就是知道你有錢，所以準備傳一個組織，三不五時跟你募款。

王父：你可以擱卡沒良心一點不要緊！（坐下）

家俊：爸，其實會做這個決定……好像跟你稍微有關係……當年你送我去美國，台灣的朋友慢慢都斷了，後來在美國的朋友……當你叫我回台灣之後，同樣慢慢地沒聯繫，越南、上海……也一樣，有時候早上一起床，都要想很久，才知道我現在到底在哪裡……有心事想要找人聊，才發見，我竟然連一個朋友都找不到……去美國，打電話給當初的朋友，約他出來聊天吃飯，電話一打，說：（英文）Sorry，I am in Shan-hai，去上海，打電話給朋友，電話一咧通，講：（上海話）

不好意思，我在紐約……

爸，我很怕日子一旦這樣過下去，我會對人，對任何地方都會不親近，沒有感情……每天面對的可能只是報表跟數字，而我偏偏對這些毫無興趣……

如果是這樣……我會不快樂，因為會不知道人生的目的到底在哪裡？

王父：你講完了？你要聽我講一句實在話否？（指指老闆和家俊）你們攏是太好命！有上一代給你們靠，吃穿無煩惱，才會這樣自己想自己對，我跟你講，若沒爸母給你們鬥三工，這個時代……你卡賺都不夠用，拚到死，你也買無一間厝！

家俊：爸……這讓我自己負責就好，好不好？就像你說的，你老爸也沒阮老爸這敖，你老爸啥米攏沒留，你都會當拚到這麼出頭啊，啊阮老爸已經給我這麼多資源和經驗……未來如果連一個家都照顧不了……那完全是

自己無能，我沒有權利抱怨任何事、任何人……

王父： 若要做牛，免驚無犁通拖……若沒讓你們去試一下鹹淡……你們攏不知人生有多艱難。

家俊： 爸，我是不是讓你真看破？

王父：（沉默一下子）你歡喜就好……啊就生到了，不然是要安怎？……啊你那個啥米NGO是想要做啥？

家俊： 還在計畫……不過比較想要做的是陪伴人的工作……陪伴孤兒，陪伴生活不方便的人，憂鬱症的患者，或是陪伴老人……

王父： 是哦，到時你就卡有良心咧，不通忘記家裡嘛有兩個。

家俊： 爸，我是離開公司也不是離開你們，不管當時……你喊一聲，我嘛是也帶你們去吃好吃的，看好看的，順便替你去問人的厝是要賣多少錢……

王父： 你免在那兒眠夢！你免擱想說你的未來我會替你傳！（看看兒子，有點情緒）喂，阿不拉，咖啡不歹，你擱煮一杯，我外帶！

老闆：（快步過來）董事長……歹勢，我的咖啡，沒外帶。

王父： 沒外帶？是安怎？

老闆： 外帶……那個溫度會不同款，啊你擱邊走邊晃，會影響咖啡的香氣和質感，歹勢。（燈漸暗）

王父： 你們即碼的少年的是安怎？有錢通賺不gen賺，擱不

gen到這麼堅持？吼！是我觀念太老，還是你們神經相
絆？

燈全暗。

宋老師家

你沒有錯，就因為你是那樣咬著牙說，
我才知道你忍了多少年，有多累、多無助，多絕望……
我的心……痛！

未來的主人翁

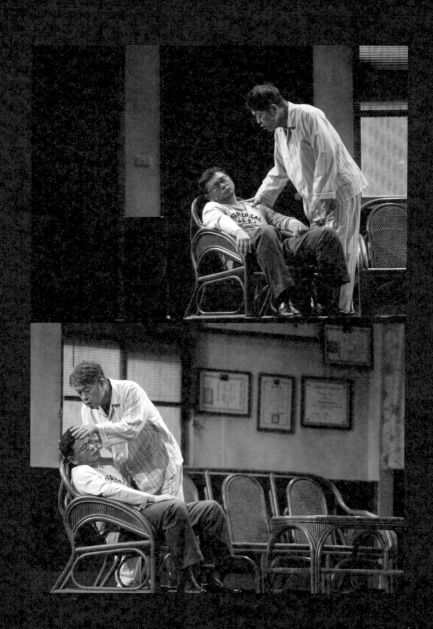

音樂聲中有遠雷的聲音，閃電亮光裡我們約略看到宋家陳設，陽山靠在沙發上好像在睡覺。燈亮。閃電，很近的雷聲，宋老師從床上慢慢起來，好像睡了很久之後的失憶。

老師：（走出房間，慢慢地，有點疑惑地看看四周，好像覺得陌生，然後他看到歪在椅子上睡著了的陽山，仔細端詳他的臉）睡著啦？睡得這麼沉，你⋯⋯怎麼？才多久沒好好看看你，你怎麼好像就老了？啊？兒子老了？

陽山：（醒來，看到父親嚇一跳）爸！（起來上下端詳老師）你怎麼起來了？

老師：起來啦，剛剛一陣閃電、雷聲把我給驚醒了。

陽山：你⋯⋯都好了？

老師：我好好的啊！

陽山：你聽得見我說話？

老師：傻瓜！當然聽得見啊，不然我怎麼聽得見雷聲，怎麼回你的話？

陽山：你⋯⋯能動啦？

老師：靈活得很啊！

陽山：爸！（抱住）

老師：怎麼啦？好像從小學四五年級之後，你就沒有這樣抱過我呢⋯⋯

可以讓你這樣抱著真好……

陽山：我都以為……你再也站不起來，再也不會跟我說話了。

老師：（稍微推開陽山）你怎麼會這麼想呢？

陽山：爸，你不知道你已經在床上躺了好幾年了嗎？

老師：啊？是嗎？（看看自己的手，自己的身體，看看四周）難怪……覺得什麼都不一樣，什麼都陌生，我的身體、這一切，這個地方……連你，好像也都老了？

陽山：是老了，爸，我都四十二了。

老師：四十二？你四十二啦？天啊？我躺了多久啊？

陽山：夠久了，五年多了。

老師：怎麼會？我只記得我生病了，你送我去醫院……然後我就睡著了，然後做了好多好多夢，一個接一個……

陽山：你都夢到些什麼？

老師：好多好多……夢到有幾個小女孩在我床邊……老是拿著手機，講一堆我聽不懂的話，想上廁所，起不來，尿褲子……她打我屁股，還用手彈我那個地方，還笑！……還有，你把我丟到一個房間……四周的人都不動，看起來都沒表情……有老有小，我說你是要把我扔在這裡等死嗎？我不要！……可是你不管，就把我扔在那兒……我一直想逃，一直叫，後來，你來了，但是，你忽然很兇地跟我說：你到底要我怎麼

94

辦？我說，我要回家！你好像聽懂了，然後，你哭了，跟我說：爸，對不起……那我們回家吧……我們一起回家。

陽山：夢裡的事，你還記得的真多！

老師：當然記得……回家之後，你一直在我身邊，從沒離開過，白天讀書、讀報紙給我聽，黃昏的時候，你幫我擦澡，一邊唱著歌，擦好了……還沒忘記幫我撲上香香的痱子粉！

陽山：我喜歡那個味道……一直記得媽媽過世後的第一個暑假，你每天都在家……黃昏你幫我洗完澡，就幫我全身擦滿痱子粉，然後帶我去散步，路上你會說你和媽媽的事，走著走著，你忽然安靜了，然後……我才發現你在偷偷地哭。

老師：好久了……

陽山：是很久了，那年我才八歲……

老師：我都快忘記你媽媽的樣子了……之前，我的房間裡，不是還有她的照片？後來就沒有了……

陽山：啊……對不起，搬家之後，我忘了，我等下就去找，把它掛回去……

老師：那個家不好嗎？為什麼要搬？

陽山：因為……要照顧你，我沒上班，想做股票賺點錢，結果虧了，想回本，沒想到愈陷愈深，只好賣了。

老師：那是我的血肉……是一輩子的積蓄加上退休金……你
　　　就這樣給賣了？

陽山：我也是不得已的，爸，對不起。

老師：然後……

陽山：什麼？

老師：慢慢的，你跟我說話的聲調愈來愈高……然後就從來
　　　沒有再看過你對我笑……

陽山：我有這樣嗎？

老師：在夢裡頭……你是這樣的。

陽山：所以……你在抱怨我嗎？（閃電）

老師：我沒有抱怨，我只是不懂，兒子怎麼變成一個我不認
　　　識的人了？（雷聲）

陽山：這個我承認……因為我連自己也都不認識自己了……

有一天，我突然發現，我的生命在某個階段之後好像就終止了，我跟躺在床上的你並沒有兩樣……除了可以自己洗澡、自己吃飯、自己大小便之外，我一樣沒有未來，而我的過去卻還沒你的精采，你還有那些喜歡你、把你當爸爸的學生，我卻什麼都沒有！（閃電）但是……那些你嘴裡的孩子們除了在過年過節，在你的生日跑來這裡吃喝一頓，說些重複又重複的老故事然後屁股一拍走人之外，他們又替你這個爸爸做過什麼？幫你把屎把尿幫你灌食擦澡？並沒有！（連

續雷聲）

（瑞君開門進來，好像沒注意他們的存在，包包一
放，往房裡走，老師慢慢踱過去看，瑞君拿床底臉盆
去弄水準備擦澡）

瑞君：宋拔拔……你今天好嗎？外頭好像要下雨了呢，空氣
好黏，我來幫你擦澡好嗎？

（瑞君動作繼續，擦床上空的身體）

陽山：幫你做這些事的，五年多來是我還有她……我這輩子
虧欠最多的人！

瑞君：你不用覺得虧欠，這是我自己的選擇。

老師：你們還沒結婚啊？你不是三十六歲的時候要娶人家嗎？你拖了人家多少年？

瑞君：不是他拖延我。當初猶豫的是我。我家裡哥哥花了一堆錢去留學，拿了博士沒回來……我把爸媽接到台北照顧，房貸、生活費負擔大，兩個老人又常吵架……我怕家裡的事拖累了陽山，要他去找比我更好的人。

陽山：結果……你一病倒了，我說……希望她幸福，不希望已經被工作和家庭的重擔都快壓垮的她，還被我拖下水，可是她卻二話不說回到我身邊……

瑞君：我的家，陽山都不認為是負擔，宋拔拔病了，沒回來，我會良心不安。

陽山：而你可能不知道，我們的生活費，她付了一大半……

老師：我拖累你了！

陽山：不是你，是我當初一個自以為是的決定拖累了我自己！

老師：是你沒想到……我會一睡就這麼久？（陽山沉默）我也沒想到啊……所以那天……你會那樣跟我說……我

　　懂。

陽山：我說什麼？

老師：我生日那天……你忽然跪在我床邊哀嚎著……

陽山：（警覺）爸！

老師：你說……（閃電）

陽山：我知道，我錯了，請你不要說！

瑞君：（在裡頭）你跟他說了什麼？

陽山：我不想說。

瑞君：你說了什麼？

陽山：不要逼我再說一次……

瑞君：是什麼話，連我你都不願意說？

陽山：（走到房間門口）他生日那天……妳走了以後，我站
　　　在這裡，不知道為什麼……忽然覺得，我這一生……
　　　是不是這樣毀了？然後我就走到他的床邊，（走進房
　　　裡，靠近床邊）我跟他說……說：爸，你怎麼不快點
　　　死啊？

瑞君：（抱著陽山）天啊！

陽山：（慢慢走出來，跪在父親面前）爸，我錯了！（雷聲）（驟雨的聲音）

老師：你沒有錯，就因為你是那樣咬著牙說，我才知道你忍了多少年，有多累、多無助，多絕望……我的心……痛！我告訴自己說，老頭子，別睡了，醒來！不要再作夢！跟兒子說說話，讓他知道，我沒事了，不再是他的負擔和牽掛！（好像在找什麼）

陽山：你在找什麼？

老師：找可以出去的地方。

陽山：你要去哪裡？

老師：躺這麼久了，好想出去走走啊……趁身子還靈活。

陽山：外頭下大雨呢！爸。

老師：我知道啊……別擔心，你媽媽撐著傘呢，她撐著傘，笑瞇瞇地在等我！（打開門，強光在他身上）

陽山：爸！（燈漸暗）（閃電，連續大雷聲，燈亮）

（躺在開場原位的陽山醒來，一陣恍惚，然後想起什
麼似地往父親的房間快步走去。）

（閃電、雷聲、音樂，燈全暗）

（燈亮，耀群、婉如、遠帆、慕瑛在屋裡，耀群和遠
帆在布置一個可以放骨灰罈的小桌子，擱上宋老師相
片，婉如、慕瑛在弄水果）

耀群：宋哥當初大概沒想到葬禮會來這麼多人吧？

遠帆：我們也都沒想到，我老婆為了挑一件合適的衣服，才
耽擱一下而已就擠不進去了！

慕瑛：怪我？我又沒什麼機會參加葬禮，那種衣服當然難
找。

遠帆：去買幾件吧，以後機會會愈來愈多！

慕瑛：你真的很冷！

遠帆：我說的是實話，婚禮週期過後，人生另一個週期就是
葬禮。

婉如：你們老師的學生還真是三教九流，黑白藍綠都有！

耀群：而且難得有共識，一片哀淒，一片祥和！

慕瑛：可是為什麼那麼多人都要穿那種政黨背心呢？毫無品
味，醜死了！

遠帆：我們兩個也難得意見一致，真的，穿那個就像賣藥跟
傳教的。

耀群：他們本來就是啊，不是賣藥就是傳教。

　　　（門鈴響，婉如去開）

耀群：這麼快？

遠帆：不會吧？

　　　（家俊和王父進來，屋裡眾人打招呼）

家俊：對不起，我爸早上有董事會，沒去告別式，說要跟宋老師燒個香。

遠帆：可是骨灰和牌位都還沒回來。

王父：沒關係，我可以等一等。

　　　（王父看著遺照）

王父：我跟宋老師見過幾次面……聽說……他比許多人的爸爸都更像爸爸？

遠帆：哦，不是啦，如果這樣，我們就要去做DNA鑑定了。

家俊：學……長……

遠帆：哦，正確的說法是：他是年紀跟爸爸差不多的好朋友！

王父：也沒錯，很多兒子跟爸爸，經常像世仇，很難當朋友。（朝耀群）如果我沒記錯……你在我公司上過班？

耀群：是！幾年前。

王父：我自己interview的。

耀群：董事長記性好。

王父：那一次進來四個人，其他三個都還在，只有你離開？
　　　聽說……辭職的理由只寫八個字「龍困淺灘，不死也
　　　傷」？

耀群：那時候……年輕，血氣方剛……

王父：那現在在哪高就？（婉如遞上茶）

耀群：一家……外商公司。

王父：換個名片……

耀群：對不起……我沒帶。

王父：哦……（遞名片給耀群）如果還看得起我，有機會的
　　　話，回來一起工作吧？我interview過的應該都不錯，
　　　而且敝公司的水灘這幾年稍微挖深了一點，也挖寬了
　　　一點。

耀群：謝謝董事長……
　　　（陽山和瑞君回來，陽山抱骨灰罈，瑞君拿黑傘，一
　　　群人喊：老師回家了，老師請上座，然後大家鞠躬）
　　　（陽山瑞君過來和董事長打招呼，謝謝他）

王父：（跟瑞君說）我見過妳。

瑞君：嗯，在咖啡廳。

王父：家俊說……妳是宋先生的女朋友？但，在台灣，一個
　　　捧骨灰一個撐傘的通常都已經是夫妻……都已拖這
　　　麼久了，我建議你們百日之內去把喜事辦一辦吧，百
　　　日之內，宋老師……都還看得見。

107

家俊：爸！你不要連這個都要替人家下決定。

王父：生意做久，習慣了吧？我下決定，通常快、狠、準，
因為一個猶豫，可能就是許多猶豫的開始。尤其到了
我這個年紀，已經比誰都清楚，人生短暫，該做的事
……不能等，說到這個……（看向兒子）你有沒有發
現，你跟人家有沒有什麼不一樣？

家俊：什麼？

王父：這屋子裡都是一對一對的，啊你呢？

家俊：……我怎樣？

王父：我好像從來沒聽你說過你有女朋友，難怪你媽常常要
　　　我問你……

家俊：問什麼？

王父：你到底是不是同性戀？

燈暗。

第七場

遠帆家臥室

未來的主人翁

燈亮時慕瑛坐在床上在讀一本育嬰雜誌，遠帆從浴室出來，爬上床。

慕瑛：（看都沒看他，把雜誌往後一丟）來吧！我準備好了，上來吧！

遠帆：（一陣驚嚇）靠，妳這樣我會當場軟掉ㄟ！上個月是種馬行動，這個月變成軍中樂園了？

慕瑛：難怪你的問題大！原來你連那種地方都去過！

遠帆：拜託，知識來自電影，我當兵的時候那個早就沒有了好不好，而且那時候社會開放，男男女女早就打成一片了，誰還願意去花那個錢？不過，買花、買巧克

力、買禮物也不便宜就是了！

慕瑛：你可以再下流一點沒關係！我有點累，你趕快去準
備，我可以給你時間去吃威爾剛、看A片，還是把某
個騷貨的樣子放在腦袋裡想一想……

遠帆：我現在腦袋一片清明……根本容不下那些髒東西。

慕瑛：你別想逃避！

遠帆：我說真的……我一直想起宋老師跟我幾個同學的事。
妳知道，我和宋老師是怎麼結緣的嗎？

慕瑛：怎麼？

遠帆：就有一次……我上課遲到，爬牆，一跳下來的時候，
靠，訓導主任就剛好站在我面前，更慘的是，從書
包裡掉下來的兩支A片錄影帶，不偏不倚就砸在他頭
上，他撿起來，問我說：好看？我說：好看！那天下
午，我爸被叫到學校來，一看到我就往我最脆弱的地
方踹，說：你攔秋！你攔秋！（跟慕瑛認真地說）會
不會是那時候被踹壞了？

慕瑛：可惜不是！

遠帆：哦，對哦，應該不是，因為後來還是可以用！總之，
宋老師攔住我爸，帶他一起去訓導處開會！當時我
想，記過是小事，回家……才恐怖！誰知道，回到
家，什麼事都沒有……我爸還說，你們那個老師……
很有說服力，說宋老師跟訓導主任還有我爸說：我們

年輕的時候⋯⋯誰沒看過小本的？誰沒打過手槍？錄影帶⋯⋯只不過是一種科學新發展！而且，這小子看完之後還能爬牆來上課，可見，這一點都沒影響他的體力和求知欲！靠，這樣的老師屌吧？

慕瑛：你真的很爛ㄟ，婉如有一天打電話跟我聊天，說那時候，你也常帶一些髒東西給耀群看？

遠帆：她應該不會怪我吧？如果怪我就沒天良了！要不是我當初給他看那個，那個老實人哪知道怎麼生小孩？而且還生兩個？真是人生勝利組啊！那時候，他從中部到台北，封閉得要命，而且對成績斤斤計較，最後搞到一個朋友也沒有，而妳也知道，我天生就是博愛性格，所以⋯⋯沒事就帶他去書店看世界名著，去淡水看落日，或者去公園雨中漫步⋯⋯

慕瑛：你天生博愛這種事⋯⋯請你不用再強調，好嗎？婉如說耀群失業了，如果有機會要你幫他找找看。

遠帆：啊⋯⋯他也不是第一次⋯⋯不過，要找的話，一次比
　　　一次難。人家王董問他，還說在外商公司⋯⋯眞是寧
　　　死不屈啊！龍困淺灘，不死也傷⋯⋯這種話我還眞寫
　　　不出來，我會寫的大概只有：能力有限，苟延殘喘
　　　吧？

慕瑛：挺傳神的。

遠帆：是哦？

慕瑛：我是說你現在的生理狀況。能力有限，苟延殘喘。

遠帆：不⋯⋯我好像有一種⋯⋯新生的力量！剛剛我在想，
　　　我們在哀傷宋老師的離去，那⋯⋯我們是不是可以去
　　　製造一個新的來代替？忽然覺得，像我們這樣年紀，
　　　生小孩說不定才是最好的時機，因爲⋯⋯我們已經累
　　　積了一些人生經驗，已經可以看清楚自己和別人的一
　　　些缺點，小孩生出來之後，我們的責任就是讓他成爲
　　　一個比我們更好的人，盡心地陪伴在他身邊，不讓我

們的缺點在他身上重複出現……
然後這個孩子長大之後，不管他
的行業是什麼，也都應該比我們
這一代優秀……然後，離開的時
候，至少墓碑上還可以臉不紅氣
不喘地寫著：這個人盡責地為這
個世界創造了一個比他更好的
人！靠，好感動！

慕瑛：我也想過，這個年紀……為什麼
還要生孩子？我給了自己幾百
種理由，但最後，我承認，還是
自私，我只想說：如果是一個彼
此真正相愛的男人……讓我懷孕
了，然後我就有十個月的時間，
去感受一個我們共同的、新的生
命在我的身體裡孕育、成長，無
論是害喜的痛苦，或是第一次胎
動的興奮……我都將無法忘記，
然後他會離開我的身體，我會
痛，很痛，筋肉撕裂、流血，然

後，那個新的生命，就會出現在我眼前，用一雙最乾
淨的眼睛看著我……從那一刻開始，我就有了一個一
輩子肯定最愛、最牽掛的人……好像只有這樣，做為
一個女人，才算完整，而我想做一個完整的女人……

遠帆：所以？

慕瑛：所以，我準備好了。

遠帆：我也是。

慕瑛：我們彼此相愛嗎？

遠帆：應該吧，因為我對妳有慾望了。

　　　（兩人擁抱上床，燈漸暗）

遠帆：小蝌蚪，加油！！

燈全暗。

第八場

瑞君家

燈亮前一樣有瑞君講手機的聲音：我人不在公司，對，家裡有點
事必須回來處理，AG的PPM我能不能不出席，就讓創意和製片去
就好？你問問看回我電話……汽車那個報價對方確認了嗎？啊，
你Line給我，我來看看……嗯嗯，Bye！

燈亮時，瑞君爸媽同之前一樣，各據一邊，分別在看手上的小相
機和手機，桌上有一些國外的包裝袋。

敲門聲一起，兩個人有默契地放下東西，裝出哀淒的表情。媽媽
過去開門。

瑞君：（進門，看看兩個人的表情）你們到底是又怎樣？你
　　　們這種表情比殺氣騰騰還令人擔心ㄟ。怎樣啦？

媽媽：聽講宋老師過身啊……啊我們攏在美國，也沒有去給
　　　拈個香，行個禮，實在足歹勢！

爸爸：啊妳有給人送白包去否？

瑞君：我拜託你們不要這樣好不好？這種表情，你們應該去
　　　搬給宋陽山看，不是給我好不好？我以為真的要離婚
　　　了！

媽媽：離婚我才不會是這種表情，我會嘴仔笑到離塞塞！我
　　　是想說，最沒，陽山也是咱無緣的子婿！

瑞君：還算有緣啦，我們後日要去公證！

　　　（爸媽愣住，爸爸手上東西還差點摔到地上來）

爸爸：這樣敢不會太親采？啊伊老爸剛過身，敢好？

瑞君：聽人說百日內攏可以，不才這麼趕。

媽媽：妳是不是……有啊？

瑞君：拜託咧，我四十多歲ㄟ，喊有就有哦？我才準備拿一個「蛋」去冰，準備後擺通用，若有，我會謝天謝地，讓我省一筆錢？

媽媽：什麼蛋？

爸爸：妳嘛有，是講早就已經變成阿婆鐵蛋而已啦。卵子啦。

媽媽：你查某子要嫁是大代誌，你攏沒關心，只會在那嚼舌！（朝瑞君）啊妳敢確定就是伊？就是這個人？或是……同情伊這嘛孤單，想要和伊作伴？

瑞君：啊後天就要公證了，不是伊，要換敢會赴？啊妳以前不是說，路邊親采撿一個也比這個卡好？啊阮兩個已經來來去去十多年了呢。

媽媽：就是看你們這樣，那米燒，那米冷……我不才稍可會擔心。

瑞君：十多年來，我們會那米燒、那米冷……其實攏是替對方想……代先冷落來的是我，因為我驚……歹勢，我講老實話，請你們賣生氣……我驚咱個家庭會變作伊的負擔不打緊，不定著……也會影響未來兩個人的感情，了後，冷下來的是伊，伊驚伊爸爸的病，會拖累我……攏會曉替對方想的兩個人作伙，我想……未來堵到什麼嘛攏會得過。

媽媽：（媽媽很感動過來抱她）妳若有這款決心就好……我
　　　當初就是眼睛拔沒金……

瑞君：而且，連你們兩個安呢冤家一世人，都還在鬥陣啊，
　　　我哪有啥通驚？

媽媽：妳這樣講雖然卡殘忍啦……不過嘛有影！

爸爸：可見，在家庭婚姻的教育上，我們還算是有貢獻！

媽媽：你可以攔卡沒見笑一點不要緊！

爸爸：喂，我這樣講是經過美國博士證明的哦，因為妳阿兄
　　　嘛是安呢講，講阮兩個的「婚姻狀態」給他很大的啟
　　　示和信心！

媽媽：嘿是你兒子在給我們虧呢，你連嘿都聽沒？

瑞君：你們別再搬戲好否？我跟你們拜託！啊你們去美國有
　　　好玩嗎？！

媽媽：哦，足好玩……妳看妳看，兩個ainoko足古椎ㄟ哦！
　　　（拿手機給瑞君看，忽然情緒又來）

瑞君：啊妳又是在怎樣啦？

媽媽：咱攏以為妳阿兄在美國日子過到忘記咱……其實，他

們也很艱難……當初，伊不讓我們去，我以為，是妳
爸爸跟伊討錢，伊生氣，其實是那當時，伊剛好被裁
員，沒頭路……

爸爸：當初講就好，偏偏啊跟妳母仔同個性，死愛面子！

媽媽：人伊是驚人煩惱好否？

瑞君：結果呢？

媽媽：妳阿兄來飛機場接我們的時候，攏沒笑神，在車內才
跟我們講，一到厝……那個美國媳婦，根本就一個臭
臉！

爸爸：你爸那時陣足想孫子抱抱咧，紅包分分咧就來走，哪
知影……

媽媽：妳阿兄的手機響，電話講了跟伊某哩哩囉囉講一堆，
兩個人攏跑來把我們攬、把我們親，一直講我們是聖
誕老人、幸運之星，原來那個電話是一個新公司通知
妳阿兄去上班！啊妳那個美國阿嫂實在有夠天真，忽
然間若變一個人咧，每天笑嘻嘻，把我們咻來咻去！
John、John、Mary、Mary！

瑞君：啊？你們攏有英文名哦！

媽媽：妳阿兄臨時親采號的啦，因為，妳阿嫂攏不要叫阮爸
爸跟媽媽，妳老爸足不爽！

爸爸：叫我John我是會當忍耐啦，叫妳媽Mary……我感覺一
直跟咧在call狗，Mary、Mary來！所以……

媽媽：所以……妳老爸做一件一世人我感覺最真人的代誌，

伊講……你講，我英文沒那麼好。

爸爸： 有一天，妳阿兄去上班，我就跟妳阿嫂說，妳叫我們名字很親切，但是，若叫我們nickname，暱稱，會不會更close，伊講sure、sure、ofcourse！安呢好，我就跟伊講，伊的暱稱叫做「阿母」，我暱稱叫做「阿爸」，從此以後，伊阿爸阿母一直叫，五倫分到足清楚！

媽媽： 是說……妳結婚，妳阿兄不能回來，有卡沒采……

瑞君： 我有打電話跟他講……陽山，他識到有剩了，總是會見面吧，也不一定是這時，結婚是一天，生活是一世人。

爸爸： 啊……敢有要請人客？

瑞君： 沒呢……就我們兩個的幾個好朋友吃一下飯而已。

爸爸： ……一個結婚在美國，一個結婚沒要請，我以前送出去的紅包白包攏跟咧放水流！

媽媽： 伊要公證，要乎人知就不歹啊啦，跟人家說阮查某子「公證」，人至少會講：啊，少年、現代！啊若「同居」，這兩字我實在見笑到講不出嘴！

瑞君： 妳實在很老套ㄟ！

爸爸： ……啊……妳公證敢要讓我們去？

瑞君： 你哪會問到這麼小利？

爸爸： 啊……爸爸這世人卡憨慢，攏靠妳在飼，也沒半項可給妳……驚妳會怨嘆……

瑞君：講這……我當然嘛希望那天你們在我身邊……記得我
　　　小漢看電視或是電影，看到結婚那天，爸爸把查某子
　　　的手交給新郎的時陣，不知怎樣，我都會鼻子酸酸流
　　　眼淚……攏想說：查某子養到這麼大漢，現在要放伊
　　　給別人……爸爸媽媽心內一定足不甘……啊自己也會
　　　想說，啊若有一天，我要出嫁，爸爸把我交給新郎的
　　　時陣，他會跟新郎交代什麼？是說：我這個查某子真
　　　乖，未來你要替我好好給疼惜……還是：我這個查某
　　　子真赤，你千萬得要給壓落底，不要乎伊爬去你的頭
　　　殼頂！
媽媽：伊若真正這樣講，我現場就把伊抓起來「精」！
爸爸：我不會那麼沒水準啦，要講啥，我早就想過了，我會
　　　跟新郎說……我跟我某冤家一世人，連你們的份，我
　　　們嘛替你們冤了了啊，所以，未來你們幸福美滿在過
　　　日的時陣，千萬不通忘記，這攏是我們的犧牲，因為
　　　為著你們，我們甘願冤代先！
瑞君：（媽媽好像又要回嘴，瑞君阻擋，然後跟爸爸說）謝
　　　謝！我會把你這句話當作是祝福，公證那天……要記
　　　得把陽山帶到旁邊，攔講一攔給伊聽。
爸爸：為什麼要帶去旁邊？
瑞君：因為我驚ㄟ你們又會冤家……啊我會流眼淚。（朝媽
　　　媽）啊妳也要答應我一件事（媽媽看著她），妳哪會
　　　號，我就不讓妳去哦！

媽媽：妳是把妳媽媽當作苦且
是否？（開始哽咽）
四十歲的查某子嫁得出
去我歡喜都來不及了！
我還哭，我哭心酸的喔
……啊，對……我好像
未卜先知咧，在美國給
陽山買一條領帶，跟妳
買一套洋裝，後天剛好
用得上，妳看，有水
否？（亮出一套誇張的
夏威夷草裙舞似的連身
洋裝，顏色鮮豔無與倫
比）。

燈暗。

耀群家

妳好像自己大漢的,自小漢好像也不曾給我們煩惱過,

煮飯……攔會曉看食譜,菜,煮比妳老母卡好吃……

書也自己讀,我們也沒教過妳什麼……

燈亮。黃昏。婉如家，葉父站在屋裡四處看，婉如泡了茶出來，先出聲。

婉如：啊你是當時發現的？

葉父：一兩個月啊……

婉如：那時候怎沒去給醫生看？

葉父：那時候……也沒怎樣啊，孤仔感覺足累足愛睏……
（擋婉如茶杯）用紙杯啦，用了通丟掉，萬一傳染給
你們就不好，兩個囡仔，攏卡無抵抗力，肝的症頭足
麻煩。

婉如：你就還沒檢查，哪知影是會傳染啊不傳染？

葉父：小利沒蝕本。

婉如：咱那邊的醫生怎麼說？

葉父：說最好是做一個卡徹底的檢查，妳老母就緊張，叫我
來台北的大病院……伊講……我眼睛的白仁攏黃黃
（婉如靠近要看，爸爸躲）別這麼近啦。

婉如：我你查某子呢！

葉父：就是自己的查某子我不才會驚，一世人沒留啥給妳，
萬一留一個症頭給妳，我怨嘆嘛死！

婉如：你哪沒留物件給我，你給我養到這麼大漢，還給我念
到大學。

葉父：妳哦……妳好像自己大漢的，自小漢好像也不曾給我
們煩惱過，小學四五年級開始，我跟妳媽媽在山上種
菜無閒，妳就自己會曉洗衫、煮飯……攏會曉看食
譜，菜，煮比妳老母卡好吃……書也自己讀，我們也

沒教過妳什麼……若知道是這款查某子……當初應該
多生兩個。

婉如：啊這個查某子……現在也沒法度在你們身軀邊。

葉父：妳自己若顧得好就好……我都煩惱說，未來……你們
這些少年的……會足辛苦，我這代，大部分的人攏生
一個……後擺，兩個拖四個，啊你們都晚結婚，囝仔
嘛愛顧，五馬分屍，累就死！

婉如：你煩惱太多啊啦……船到橋頭自然直！

葉父：自然直哦？我足驚還未到橋頭，一隻一隻都負擔太重
沉沉落……

婉如：你晚上在這裡睡，我明天透早載你去！

葉父：免啦，我一個朋友住石牌仔，離病院兩步腳……去那
兒住卡方便，晚上也可以罔開講……住這……我不安
心。兩間房……我上次跟妳母仔來，妳把囝仔的房間
給我們睏……叫威諺和笈笈睏在這，妳母仔歸暝驚他
們踢被、驚他們寒，一直起來看……有睏跟咧無睏咧
同款……

婉如：啊……你不等孫子回來哦？

葉父：明天檢查完，我才擱來。我是打電話知影妳一個人下
班在厝，才先來的……

婉如：為什麼？

葉父：有一些代誌……無人在卡好問……耀群……頭路是找
到沒？

136

婉如：……你哪會知道？

葉父：歸莊頭……誰不知？伊老爸一世人看人無，跟咧全世界就伊兒子最敖……臭屁的人，人上愛給吐槽，耀群跟咧去哪間公司問頭路，咱莊頭剛好有少年的在那兒上班有看到的款……一下子就傳到歸四界……

婉如：找到了，兩禮拜前開始上班，是早前的公司，董事長叫他回去。

葉父：最好妳不是在騙我。啊沒，我不知你們生活要怎麼過？厝的貸款，囝仔的所費……耀群每個月又要寄錢回去讓他老爸風神……伊老爸上遍講，耀群是美國FBI在台灣唯一聘請的研究人員……我就不知影伊安呢澎風是嘟位在爽……妳跟爸爸老實說……你們是有夠通用否？

婉如：你免煩惱這啦，爸。

葉父：不夠……就要跟妳老母講，她比我卡操煩……我來走，檢查了，若沒代誌，我才來看孫……啊，我藥仔忘記吃，妳倒一杯水給我，要一半燒一半冷的哦！用這個杯子就好！

（婉如進去，爸打開旅行包，拿出藥，以及一疊錢，觀察一下，放在餐桌上蔬菜和食品的塑膠籃裡，婉如端水出來）

婉如：你藥仔是吃對或吃不對，哪會這時間吃？

葉父：對啦，晚飯進前吃……（葉父吃藥，婉如進房間，婉

如手上拿著兩張千元鈔，塞給爸
　　爸）啊妳這要衝啥？

婉如：你通坐車啦。

葉父：我有啦。

婉如：你拿著啦。

葉父：好啦，貪財哦，查某子的孝心。

　　（開門）

婉如：啊你若看到報告，要隨跟我講
　　哦。

葉父：會啦，我還想要看威諺和笈笈呢。

　　（關門。婉如走去茶几收紙杯，看著，自言自語：老
　　了都老了……然後走到餐桌，要把那些購物袋拿進廚
　　房，忽然看到籃子裡有什麼，然後看到那疊錢，情緒
　　起來）

　　（小孩進來，看著媽媽，叫：媽！婉如掩著嘴，忍住
　　哭。燈漸暗）

　　（燈慢慢亮，威諺的朗誦聲音起，光照在他身上，家
　　裡其他人在暗處）

威諺：外公住豐原，他跟外婆開了一家種子店，
　　種子很多種，有的長蔬菜，有的長水果，數都數不
　　完。
　　他們要看店，所以很少來我家。

前幾天，外公忽然來，

他不讓我們親，也不讓我們抱，

他說身體不舒服，要我們遠遠地站著，讓他看一看就好。

外公看很久，可是都沒說話，

但是我看到他在流淚也在笑。

他給我和妹妹一人一個大紅包，

然後，拿出寫好的字條，一人給一張。

外公以前是農夫，可是字寫得很好看。

我不知道他給爸爸、媽媽和妹妹寫的是什麼，

外公寫給我的是：

威諺，我的乖孫子，外公很愛你。

外公身體有毛病，暫時不能抱抱你。

不過很快就會好，你們都不要煩惱。

有空要給外婆打電話，愛她，想她，要讓她知道。

威諺要運動，要健康。（音樂慢慢加大，燈漸暗）

要快樂，要誠實，要有責任感。

要聽爸爸、媽媽、老師和長輩的話。

要做社會有用的人，

要做國家的棟梁，

要做世界未來的主人翁！

音樂延續。

劇終。

吳導試mic

吳定謙後台側拍吳導，執行長女兒亂入

幕後花絮

李永豐執行長與陳希聖共同飾演方父，亂入彩排現場

換場景時，吳定謙在台上搞怪（誇張動作），惹的演員們笑場

【演職人員總表】 演員：

吳念眞 飾 葉父

柯一正 飾 王父

羅北安 飾 宋老師

林美秀 飾 方母

陳希聖 飾 方父

吳世偉 飾 宋陽山

范瑞君 飾 方瑞君

吳定謙 飾 王家俊

張靜之 飾 葉婉如

黃懷晨 飾 江遠帆

尹崇珍 飾 劉慕瑛

高臣佑 飾 廖耀群
李威諺 飾 廖子
李昀蓁 飾 廖女

編劇・導演：吳念眞
副導演：李明澤
舞台設計：曾蘇銘
燈光設計：李俊餘
服裝設計：任淑琴
音樂設計：聶　琳
排練助理：呂學緯、沈慧燕
服裝管理：王雅萍

舞台監督：陳威宇

舞台技術指導：李伯涵

燈光技術指導：邱逸昕

音響技術指導：羅浩翔

舞台道具佈景製作：風之藝術工作室

燈光音響工程：風之藝術工作室

音效執行：鍾濱嶽

燈光暨舞台工作人員：

葉秀斌、林智昇、黃南智、曲胅魶、傅旻軍

蔣宗琦、羅筱君、游秉廉、沈容、尹皓、楊琇雯

題字：董陽孜

劇照攝影：張大魯

造型設計：好萊塢的秘密

錄音編輯：麗風錄音室

歌曲翻唱：梁世達

平面美術：蔡文棋

網頁設計：謝博仰

協演單位：南強工商表演藝術科

創意顧問：吳靜吉

藝術監督：吳念眞、柯一正

製作人：李永豐

團長：羅北安

行政總監：汪　虹

劇團經理：李彥祥

執行製作：廖惠如、林莞絢

行政執行：陳香君

宣傳執行：陳函筠、吳岱芳

行政會計：柯若涵

綠光劇團

從一九九三年綠光劇團成立至今，綠光不斷爲了製作「好戲」而努力，這中間經歷了無數的考驗：觀衆口味的新鮮感、市場需求的變化、經濟環境的動盪、劇場人才的流動，每一樣對於製作一齣好戲都是嚴厲的挑戰，我們曾經束手無策、也曾經沮喪失落，但是咬著牙從來不願放棄。於是，在一次次尋找新方法、嘗試新創作的過程中，我們看到又一齣「好戲」被完成、我們看到觀衆用力鼓掌的激動情緒，我們看到密密麻麻寫滿感動心情的問卷，我們看到大家一次次再回到劇場欣賞綠光的演出，綠光劇團始終相信，在劇場中，是大家，成就了這充滿希望的「綠光」。

原創音樂劇系列

創團以來，以原創的中文歌舞劇作品啓動了台灣劇場對歌舞劇的重視及製作熱潮。十多年來，上班族的故事《領帶與高跟鞋》寫下了演出場數最多、至今仍演出不輟的紀錄，更獲邀到北京、紐約等地演出；改編自元雜劇的《都是當兵惹的禍》將傳統戲曲與現代劇場藝術巧妙結合，引起國內外廣泛討論與迴響；將族群融合問題，以輕鬆幽默的《結婚？結昏！：辦桌》的必經人生經驗表達，不僅同時獲得票房與藝術成就的肯定，還獲得金曲獎的三項提名。向經典學習的《月亮在我家》《女人要愛不要懂》，綠光以不同類型的音

樂劇創作再再挑戰自我，也為國內音樂劇界提出最優質與多變的音樂劇劇目。

國民戲劇系列

引燃國內音樂劇熱潮後，綠光將創作觸角回歸戲劇的本質，二○○一年創意大師吳念真加入綠光的行列，《人間條件》系列作品至今已經上演超過兩百場，每每推出就會造成搶票熱潮。吳念真用最平實的方式、最親近的語言，交錯著自身的生命記憶與最真實的情感，述說市井小民們的愛恨情仇，觸動你我心底最深的感動，其深刻動人的劇本架構貼近一般國民真實的生活，其生活化的導演手法感動著普羅大眾，成功吸引許多從未觀賞過舞台劇的人走進劇場，因而被定位為國民戲劇。二○一一年《人間條件》創紀錄連演，挑戰一個月馬拉松式的演出，掀起另外一波人間狂潮。二○一七年綠光「台灣野台戲劇工程：人間條件戶外演出」正式啟動，十二月於高雄衛武營都會公園首場演出，二○一八年巡迴台中、台南、桃園、台北、屏東等五地演出，觀眾免費進場，共計92,000名觀眾共襄盛舉，堪稱大型的民間聯誼活動。

世界劇場系列

二○○三年綠光劇團推出《世界劇場》系列，每年引進

當代世界劇壇的創意新作，不乏許多東尼獎、普立茲獎得獎作品，讓專業演員可以有好作品發揮所長，讓國內觀眾不必出國，也可以看到國際間精彩的劇作。至今已經推出十部作品，我們看到了觀眾對好劇本的渴求；在一次次學院教授、國內劇作家們的好評下，我們看到將觸角延伸出去的必要性。綠光世界劇場經過十年的發展，二〇一四年分為《世界大劇場》與《世界小劇場》兩個製作方向，《世界大劇場》引進更具規模的大型劇作，《世界小劇場》則選擇小規模的劇作，演出場地並選擇在小型劇場，將題材新穎、形式特殊的實驗作品引進台灣，讓國人可以接觸到多元風格的作品。

台灣文學劇場及都會生活劇場系列

二〇一〇年的《台灣文學劇場》系列，希望透過舞台劇的形式，跟大家分享台灣這塊土地生活經驗的情感與感動，也讓大家重新認識台灣這些優秀的文學家。

二〇一五年推出全新系列《都會生活劇場》，以台灣原創劇本為主，觀察現代人生活為主軸，討論都市中每個人所面臨生活、情感、工作等狀況與心境，帶給觀眾不一樣的生活體驗，從忙碌生活中尋求新感動。

表演學堂

除了演出之外，綠光也致力於戲劇推廣工程。開創「表演學堂」規劃設計戲劇訓練課程給一般大眾，同時落實演員培訓，提供「表演學堂」優秀結業學員實際參與劇場的演出機會。更同步持續走進校園，以有趣的戲劇呈現方式拉近學生與表演藝術的距離，接觸藝術、享受藝術，培養新一代觀眾走進劇場。

www.booklife.com.tw   reader@mail.eurasian.com.tw

圓神文叢 251

人間條件6：未來的主人翁

作　　者／吳念真、綠光劇團
劇照攝影／張大魯
發 行 人／簡志忠
出 版 者／圓神出版社有限公司
地　　址／台北市南京東路四段50號6樓之1
電　　話／（02）2579-6600・2579-8800・2570-3939
傳　　真／（02）2579-0338・2577-3220・2570-3636
總 編 輯／陳秋月
主　　編／吳靜怡
專案企劃／沈蕙婷
責任編輯／沈蕙婷
校　　對／歐玫秀・沈蕙婷
美術編輯／李家宜
行銷企劃／詹怡慧・陳禹伶
印務統籌／劉鳳剛・高榮祥
監　　印／高榮祥
排　　版／陳采淇
經 銷 商／叩應股份有限公司
郵撥帳號／ 18707239
法律顧問／圓神出版事業機構法律顧問　蕭雄淋律師
印　　刷／國碩印前科技股份有限公司
2019年4月　初版
2021年7月　2刷
音樂授權
未來的主人翁
詞曲：羅大佑
OP：TY Music Company Limited
SP：Warner/Chappell Music Taiwan Ltd.

定價 599 元　　　　ISBN 978-986-133-684-8

有「老」的覺悟其實不壞，除了對生命替換、世代移轉的必然坦然面
對之外，彷彿也能虛心而誠實地去省視自己這一生走過的腳步，一如
四季之秋，所有收穫成果就在人前，謊報只是自取其辱，狡辯亦屬徒
然。

——吳念真

◆ **很喜歡這本書，很想要分享**

圓神書活網線上提供團購優惠，
或洽讀者服務部 02-2579-6600。

◆ **美好生活的提案家，期待為您服務**

圓神書活網 www.Booklife.com.tw
非會員歡迎體驗優惠，會員獨享累計福利！

國家圖書館出版品預行編目資料

人間條件6，未來的主人翁／吳念真 編劇‧導演.
-- 初版. -- 臺北市：圓神，2019.04
160 面；14.8×20.8公分. --（圓神文叢；251）
ISBN 978-986-133-684-8 （平裝附數位影音光碟）

854.6   108001688